VALENTINA

OBRA COMPLETA

Todas las novelas lésbicas de dos chicas fantásticas y su amor

Julián Juan Lacasa

© 2023 Julián Juan Lacasa
Impresión y editorial: BoD – Books on Demand
info@bod.com.es - www.bod.com.es
Impreso en Alemania – Printed in Germany
ISBN: 9788411744713

Los personajes son imaginarios, sólo han salido de la mente del autor. Ninguna coincidencia con la vida real.

Podéis contactar con el autor Julián Juan Lacasa en las redes Sociales Facebook, Twitter e Instagram.

Rogamos que dejéis reseñas y vuestras opiniones de esta novela en las RRSS, y sobre todo en Amazon, que publica la novela, y también en Goodreads, siempre con educación.

También tenemos su e-mail julianjuanlacasa@yahoo.es

PRÓLOGO DEL AUTOR

Reúno en un solo libro las novelas de uno de mis personajes más queridos, Valentina. Ella, que ha sido capaz de amar sin miedo, como decía una compañera de Figuración en Instagram.

Mi personaje me es querido por muchas circunstancias. Primero, por que si yo hubiera nacido mujer, me habría llamado Valentina, por Valentina Terechkova, la primera mujer astronauta. Pero al haber nacido hombre, me pusieron Julián, por Julián Grimau, fusilado por la Dictadura franquista meses antes de mi nacimiento.

Al crearlo, como me gustan mucho los personajes femeninos y meterme en la piel de ellas, al haber tratado varias mujeres de muchos tipos, quería tratar uno que fuera abiertamente lesbiana. Al principio es hetero y tiene novio, pero romperá con él por engañarla, entonces conoce a otra chica y encuentra el amor.

Años atrás, al normalizarse los personajes LGTBI, noté que había pocas lesbianas, que también tienen derecho a aparecer. Por ello pude crear, cuando también dibujaba cómics, algunos personajes lésbicos en *Mundo Rosa,* con una pareja gay y otra lésbica compartiendo piso, huyendo de tópicos.

En Valentina partí de personajes conocidos como la modelo francesa Louise Depardieu, nieta del actor Gérard Depardieu, que tiene novia desde hace años y que no quiere dejarla. Se la cita en la primera novela. Louise tiene una aliada en su prima Roxanne, que también tiene novia, una chica de raza negra además, desafiando al racismo y viviendo su amor.

Luego tuve la suerte de encontrar en Amazon a escritoras que han creado maravillosos personajes de mujeres que aman a otras mujeres, y ello me ayudó a evolucionar en la manera de presentar a mis dos heroínas, Valentina y Ségolène, cuando con el paso del tiempo ellas cambian, sobre todo Valentina, y su amor sigue vivo.

Clara Ann Simons, una de las escritoras, me impresionó por el intenso romanticismo que da a sus historias de amor lésbico, huyendo de etiquetas, y lo más difícil, mantiene ese romanticismo apasionado en sus largas y bien descritas escenas de sexo, casi en tiempo real, llegando al clímax de lo sublime en *Angie*. Jamás cae en el morbo.

Aquello era lo que yo buscaba para inspirarme, pues no quería parodias burdas del amor y el sexo, y menos en lo lésbico. Quería algo creíble y con respeto total. Para hacer creíbles las escenas tanto de amor como de sexo entre las dos chicas protagonistas, tuve que leer varias novelas de más autoras, y distintas, para meterme bien en la piel de ellas. O sea, como si yo fuera una de ellas.

La escritora Roma Robles está especializada en novelas de romances homosexuales, y como hombre, puedo decir que acierta en sus descripciones de chicos enamorados de otros chicos. Podría recordarme a uno de los géneros del manga japonés, *Yaoi,* con historias homosexuales de chicos que podrían perfectamente formar parte de un manga de los que conocemos en Occidente, pero con gays en la trama.

Luego leí a Mónica Benítez, L. Green, Yasmina Soto o Ananta Rati, para plasmar grandes personajes lésbicos en la serie *Valentina* y en otras novelas mías, donde vi que los personajes LGTBI son los más potentes por que luchan, por su dignidad y por su felicidad. También me influenciaron para otra pareja de chicas, Zenobia y Georgina, que aparecían como secundarias en *Es tal como ocurrió,* y luego las convertí en las protagonistas de *Una escritora.* Al ser una de ellas escritora, homenajeé a todas ellas y de paso a las *lectoras beta,* que ayudan a corregir los libros que escriben.

Por supuesto que también tengo varios personajes homosexuales en varias novelas y que también luchan. Como detesto a los machirulos, ellos no son prepotentes, aman y son amados sin miedo por otros chicos. Quizá algún día escribiré una novela con ellos de protagonistas, igual que una vez el cineasta Spike Lee rodó una película en donde no salía gente de raza negra.

Cada novela de Valentina muestra su evolución a través de algún medio en concreto. En la primera, con la música, francesa y anglosajona. En la segunda, mediante homenajes a películas de todo tipo, desde *Ocho y Medio* y *El nombre de la rosa* a *Psicosis.* Y la tercera introduce un homenaje al manga japonés, ya que sabía que existe el género *Yaoi,* ya citado, y el *Yuri,* el manga lésbico.

Al manga *Yuri* llegué a través de un manga hetero, *Ranma 1 ½,* con aquel chico que se convierte en chica y a veces no sabe quién es. Al ser el manga japonés muchas veces violento, se agradece que el *Yuri* esté repleto de delicadeza femenina, como en *After School* y sus dos dulces colegialas.

Todo lo que les ocurre a Valentina y a su novia Ségolène tiene mucha profundidad, no es gratuito, es parte de su vida. Incluso hay dos momentos en donde Ségolène nos habla de su primer amor, su primera novia, narrado a través de Valentina.

También me ha influenciado mucho la comedia francesa. Elegí Francia como escenario para mis protagonistas por que de ese país han salido varias excelentes películas lésbicas en donde se cuentan sus historias de amor sin tapujos: *Un amor de verano (La belle saison), Retrato de una mujer en llamas, Entre nosotras* o *La vida de Adèle.* En Hollywood habrían llenado todo de moralina o de hipócrita comprensión a su orientación sexual. En Francia se toman el amor de otra manera.

Por ello, hay muchas escenas de humor irónico, sutiles la mayoría, como las reacciones de un ex novio de Valentina en un baile de disfraces o las canciones de una boda.

Igualmente encontré la inspiración en mis experiencias con alguna novia que tuve, ya que una anécdota que me contó ella la incorporé al personaje de Angélique, la novia del hermano de Valentina. Esa anécdota fue que mi ex novia tuvo una experiencia lésbica, aunque fue breve y a escondidas. Eso lo metí como muestra del amor imparable o que quizá sólo quisiera probar.

Que os guste, y améis tanto a Valentina y Ségolène como si fueran vuestras amigas de siempre.

VALENTINA

(LA PRIMERA PARTE)

CAPÍTULO PRIMERO

Miré por la ventana, por donde se veía la calle. Una de las miles de calles de la Ciudad de Paris. Yo residía en el barrio de Mirabeau.

El tráfico denso, el típico que padecen los parisinos, y yo tenía que salir para una cita con mi novio, Jean-Philippe Lagardère, que reside en otro barrio, Montparnasse. Debía ir con mi coche.

Mientras iba allá, tenía puesta la música con un CD y oía la canción de Thomas Dutronc *J'aime plus Paris,* en donde bromeaba con el tráfico y el estrés de los parisinos. A veces veía calles o avenidas con un tráfico digne de una novela de Kafka.

Mi vida iba bien, yo era con Jean-Philippe desde hacía tres años, una bonita relación amorosa, aunque de vez en cuando discutíamos y él tenía ciertas manías, igual que yo misma.

Me llamo Valentina Poussières. Mi madre me puso este nombre por la astronauta soviética Valentina Terechkova, que fue la primera mujer astronauta. Siempre me ha parecido un honor.

Soy una mujer de pelo castaño, ojos marrones, 1'70 de estatura y guapa, aunque mi belleza femenina es más bien corriente. A veces pienso en Chiara Mastroianni, que tiene la misma cara de su padre, y a veces pienso en que ella es, cuando lleva la cara lavada y sin maquillaje, su padre con peluca.

Quedamos Jean-Philippe y yo en un parque de Montparnasse, conseguí llegar a tiempo, aunque me costó sobremanera encontrar un sitio en donde aparcar el coche. Después de los habituales abrazos y besos, empezamos a dar un paseo.

Jean-Philippe es de pelo moreno, barba y mi misma estatura. Es bien obvio deciros que es muy guapo.

Nos sentamos en un banco del parque, y Jean-Philippe pensó en comprar dos helados para los dos. Se levantó, me dio un beso breve en los labios y se fue. Yo le esperaba allí sentada, muy tranquila. Pasaron dos minutos y pasó una chica muy guapa, rubia, a la cual miré un momento... y de repente, me vinieron unos pensamientos intrusivos a la cabeza: yo estaba besándome apasionadamente con aquella chica, en el mismo banco. Sólo duró unos segundos... pero me desconcertó todo aquello.

Todavía estaba desconcertada, y llegó Jean-Philippe con el helado.

–Cariño, sólo tenían de naranja. Espero que no te moleste –dijo él, solícito.

–¿Eh...? ¿Qué dices...? –dije yo, volviendo de mi extraño sueño lésbico, algo de lo cual Jean-Philippe no sospechaba para nada.

Él puso una expresión de que su chica estaba en la luna de Valencia o en otro planeta.

Quise quitarme todo aquello de la cabeza, concentrarme en que estaba con el chico al que amaba mucho y comerme mi helado antes de su conversión en líquido.

Pero no acabó aquí mi problema con los extraños pensamientos intrusivos. Volvieron media hora después, cuando nos levantamos del banco para continuar nuestro paseo por el barrio de Montparnasse.

Yo iba andando con mi novio, cogidos de la mano, todo normal, y pasó en dirección contraria a la nuestra otra pareja. De repente, cuando miré a la chica, una castaña de pelo rizado muy guapa, y que como yo iba cogida de la mano de su novio, me la imaginé dándose un beso conmigo, tumbadas sobre una cama, desnudas.

Me detuve de golpe, con una expresión de pánico. Me giré hacía la izquierda y vi que la chica continuaba su paseo con su novio sin sospechar absolutamente nada. Quien sí sospechó algo fue Jean-Philippe, que no entendía nada de nada sobre aquel extraño comportamiento mío.

—¿Qué pasa, amor mío? ¿Qué haces? —fueron sus preguntas mecánicas.

El enigma lo resolví gracias a una serie de televisión inglesa en una plataforma de Internet: *Pure,* basada en la novela autobiográfica de Rose Cartwright y protagonizada por Charlie Clive: una chica escocesa sufre pensamientos intrusivos pornográficos de toda clase, imposibles de controlar por sí misma, y acaba yéndose a vivir a Londres, en donde convive con personajes de todo tipo.

Busqué en Internet la biografía de Rose Cartwright, y ella padecía aquella clase de pensamientos, aunque los de ella eran peores que los míos. Cogí una admiración total a ella, ya que hacía falta un coraje inmenso para explicar a todo el mundo que sufres esta clase de pensamientos, sobre todo para la puritana sociedad británica. Y Rose no es ninguna loca, es una chica normal, como nosotros.

CAPÍTULO II

Pasaron los días y no me volvieron a la cabeza aquellos pensamientos, al menos en público, quiero decir en plena calle cuando pasaban las chicas, sea con novio o solas.

Pero una noche, cuando hacía el amor con Jean-Philippe, cuando él estaba encima de mi chupándome los pezones y jugando con mis pechos, de repente me vino un extraño pensamiento, en donde él mismo padecía un súbito cambio de cara. Y no era él quien cambiaba de cara, sino dentro de mi pensamiento.

Ya no era aquel chico guapo, moreno, con barba y masculino. Más bien era una chica atractiva, rubia, con un cuerpo y unos pechos bellísimos, además de su rostro, que estaba conmigo haciendo el amor y me daba unos besos fantásticos. Es decir, que me veía en medio de una relación sexual lésbica.

Como aquello coincidía con que le acariciaba el pecho a Jean-Philippe con ternura, aquel pecho depilado y bonito, si era otra mujer, me recreaba en acariciarle sus pechos, y ella respondía con muecas y gemidos de placer.

Jean-Philippe quedó algo desconcertado, por que yo, sin darme cuenta, dije:

—Oooh… guapa… me gustan tus pechos y tu cabello rubio…

—¿Qué…? —se quedó blanco, no entendía nada.

Me quedé roja de vergüenza, paramos en seco el acto sexual. La había cagado. Jean-Philippe creyó que aquello era una broma sin gracia.

—¿Guapa…? ¿Rubia…? ¿Desde cuándo soy rubio? ¿Quién soy yo, Benoît Magimel? ¿Y guapa…? Querrás decir guapo… Con esto del lenguaje inclusivo, todavía me hago un lío…

—Em… no pasa nada, cariño. Quise decirte cosas guarras para estimularte, pero creo que me equivoqué de ejemplo. Pensaba en *La vida de Adèle.*

—¿*La vida de Adèle?* Guapa, a mí también me excita esto, pero son dos chicas, y nosotros, una chica y un chico.

—No pasa nada —dije, para cortar de raíz aquel fallo, y busqué una salida, cualquiera—. Pienso en… en… ¡ya lo sé! Cualquier peli porno de Rocco Siffredi.

—Pues vaya ejemplo más raro para ti, cari. Pero bien, siempre le he tenido envidia al italiano, follar igual que él… Pero bien, si te gusta, hoy seré tu Rocco Siffredi.

Dijo la última frase con una voz insinuante, que me excitaba mucho. Nos abrazamos y dimos un beso profundo para continuar con el acto sexual, ya con él como la versión francesa de Rocco Siffredi, aunque nada como el auténtico.

Tuve otro pensamiento intrusivo en la calle al día siguiente con otra chica, pero ella, esta vez, caminaba sola. Era una rubia muy atractiva. En el pensamiento, me besaba con ella, que apoyaba su espalda contra un árbol y me dejaba a mi llevar la iniciativa del mismo beso. No me asaltaba la idea de que ella sería mucho más feliz conmigo que con su pareja, si ella tenía alguna. Con esto, me quedé tranquila.

Pero como la vida a veces cambia radicalmente, un día llegué a casa de Jean-Philippe, abrí la puerta con mi juego de llaves (él me dejaba tener mis llaves para su casa, aunque yo tenía la mía), venía feliz por que vería a mi novio.

—¡Cariño, ya estoy aquí! —dije en voz alta.

Pero me paré súbitamente. Mi sonrisa se borró como quienes son desintegrados por una pistola extraterrestre de aquellas películas de serie B americanas de la década de 1950.

¿Y por qué, entonces? Por un extraño ruido que venía de la habitación, parecían jadeos sexuales, pero con una pequeña diferencia: yo no estaba en aquel momento haciendo el amor con Jean-Philippe...

Ante todo, yo quería evitar presentimientos paranoicos, y me acerqué a la habitación, la puerta de la cual estaba entornada.

Poco a poco, miré al interior de la habitación, y *patapam,* Jean-Philippe estaba follando con otra mujer. Ella le chupaba la polla a mi novio, pero más bien como se hace en una escena cutre de una película porno. Él jadeaba igual que cuando yo se la chupaba, aunque yo misma, modestia aparte, se la chupaba mucho mejor. Aquella mamada de la chica parecía un vídeo porno *amateur.*

Me cansé de ver todo aquello, y di un empujón a la puerta entornada con la mano derecha, que se estrelló contra la pared. El ruido asustó a los dos, que detuvieron inmediatamente la mamada y el goce sexual.

—¿Qué coño es todo esto? —grité, firmemente y sin truculencia, más bien como un sargento mandón de las películas militares americanas.

Jean-Philippe se quedó asustado, paralizado. Casi diría que con el susto envejeció diez años. La chica se tapó con las sábanas de la cama. Tenía aspecto del Sur, y las palabras que soltó en voz baja, parecían españolas.

—¡Valentina...! Yo... yo... yo... —Jean-Philippe quería encontrar una excusa, pero no le salía ninguna.

Miré fijamente a la chica, que parecía una chiquita indefensa de aquellas películas eróticas con estudiantes que follan mucho y estudian poco. Le hablé firmemente:

—A ver, guapita, ¿cómo te llamas?

—Ma-ma-macarena —dijo, con un hilo de voz, muerta de miedo y acento extranjero.

—¿Macarena qué más?

—Macarena... Ramón.

—Macarena Ramón... ¿Eres española?

—S-s-sí...

—¿De qué lugar de España?

—De... Málaga.

—Ah, muy bien... —concluí, como cuando un Fiscal comienza su discurso final— Macarena Ramón, española y de Málaga... ¿En dónde conociste a Jean-Philippe? —y levanté la voz para decir—: ¡Por que no sé si sabes que él es mi novio! —le señalé con el dedo, cada vez más furiosa.

Decidí marcharme y dejarlos plantados, no podía aguantar más aquel circo de cuernos y sexo. Me sentía traicionada. Quería llorar, pero no me salía. Cerré la puerta de la habitación de la casa violentamente, y salí a la calle. Las calles de Montparnasse se me tragaron, no literalmente, pero casi.

CAPÍTULO III

Caminé más de un kilómetro, sin lugar de llegada, muy triste y al mismo tiempo enfadada. Entré en un bar. No me había fijado qué tipo de bar era, y fue un bar de ambiente lésbico.

No me importaba ni pizca que fuera lésbico. Como había tenido pensamientos lésbicos con mujeres desconocidas, pensé que era una señal de que me hacía falta un cambio de manera de ser, o cualquier cosa.

Tenían la música suave, pero buenos temas. En aquel mismo momento se sentía *Abracadabra* de Steve Miller Band. Esto me hacía falta, algo de magia para cambiar mi vida anterior.

Me senté al lado de la barra, y pedí una cerveza. No soy muy alcohólica, pero necesitaba beber algo que fuera un poco fuerte.

Justo a mi lado se sentó una chica rubia, y me di cuenta de que era una de las chicas que vi por la calle y me vinieron pensamientos lésbicos. Era guapa, simpática y me atraía mucho. Ella también me miraba con la mirada fija.

—Hola... —saludé. Ella contesto lo mismo—. ¿Cómo te llamas? —pregunté.

—Ségolène —dijo.

—Anda, ¿Ségolène, como Ségolène Royal, la ex de François Hollande?

—Sí... ¿Y tú cómo te llamas?

—Valentina.

—¿Valentina, como Valentina Terechkova, la primera mujer astronauta?

—Sí.

Sonreímos mucho con esto de los nombres, y empezamos una animada conversación. La cultura e inteligencia de Ségolène me gustaba mucho, además de su simpatía y su dulzura. Le dije que podíamos continuar la conversación sentadas al lado de una mesilla, de manera más íntima, que además facilitaba la atracción entre ambas.

Ahora sentíamos canciones como *Mujer contra mujer* del grupo español Mecano, en su versión en francés, una canción que habla precisamente del amor lésbico.

Como que éramos dos mujeres inquietas y cultas, y además con un sentido del humor inteligente, podíamos enlazar temas diferentes y complejos. Todo esto ayudaba a crear la seducción mutua. Cada vez nos sentíamos más enamoradas, con un ritmo cadencioso y suave, mientras cada una soltaba sus anécdotas y la otra la escuchaba con los ojos fijos.

Finalmente, tuve el valor de besar a Ségolène. Ella se dejó, seguramente por que también estaba enamorada. Su ternura se desató en el beso, acariciándome con sus manos por el cogote, y yo también dejé libres las mías, que fueron por el cogote y la espalda de ella. Mientras, las lenguas de cada una exploraban la boca de la otra con ternura, sin desatarse, y esto hacía que se disfrutara mucho más el beso, que era el primero de nosotras. Los sucesivos besos tuvieron una duración, quizás, de más de cinco minutos, con alguna palabra tierna de vez en cuando, con una complicidad plena de encanto. Me daba lo mismo lo que durase, quería que aquello fuera eterno, ya empezaba a olvidarme de Jean-Philippe y su amiguita.

Tengo una confesión que haceros, y la cual ya os imaginaréis: era mi primer beso a una mujer, siempre había besado a chicos, mis antiguos novios, sean Jean-Philippe, Ibrahim (aquel chico tan guapo de Saint-Denis), Antoine o Bimba, el senegalés que se parece mucho al Omar Sy de la película *Intocable.* Pero me gustaba mucho, me sentía enamorada y a la vez liberada, por que me hacía falta romper con cosas antiguas y empezar con otras nuevas.

Pero siempre hay cosas del pasado que vuelven y quieren estropear las del futuro. Cuando ya estábamos ella y yo en la tercera fase de nuestros apasionados besos, por que tuvimos dos pausas para respirar y decirnos alguna palabra tierna, sonó mi teléfono móvil. Lo miré y solté una maldición: era Jean-Philippe.

Por cierto, en aquel justo momento, la música era Patrick Hernández y su *Born to be alive,* que fue un éxito de finales de la década de 1970 en todas las discotecas, sobre todo en las francesas. Venía muy bien para la escena siguiente.

—¡Mierda, es mi novio! —chillé.

—¿Qué…? —Ségolène no sabía que su nueva amiga tenía un novio hombre, y no sabía que cara poner.

—¿¿¿Qué coño quieres, pedazo de mierda??? —contesté, con voz alta y cabreada, cuidando de que Ségolène me oyera, y que supiera que yo quería de verdad romper con mi pasado y empezar de nuevo con ella.

—¿Que qué quiero? Pues pedirte perdón, cariño —dijo Jean-Philippe, con miedo de perder a su chica.

—¿Perdón? Mira, tío, ya os escuché demasiado tiempo a ti y a tu amiguita española. Yo te he amado como a nadie, yo amo con toda mi alma a mis parejas, ya lo sabes, pero me has traicionado. Y mira por donde, he conocido a otra persona, una persona a la que quiero muchísimo, y ahora te la presentaré… —palabras dichas todas con firmeza y bien pronunciadas.

Encendí el vídeo del teléfono móvil, para que Jean-Philippe viera a Ségolène.

—¿Ves el vídeo? —le pregunté.

—Sí, sí, te veo…

—¡Pues mira, cretino de mierda! —enfoqué de manera que se viera a Ségolène, a la cual le pasé la mano por encima del hombro, la cual, poco a poco, empezaba a poner su cabeza cerca del mío—. Te presento a mi amiga y mi nuevo amor, Ségolène... Una chica maravillosa, culta e inteligente, con muchas cosas que tú, en tres años de pareja conmigo, no has llegado a tener, ni tendrás nunca en tu puñetera vida.

—¿Tu nuevo amor? ¿Pero qué dices...? —él no se lo creía.

—Digo la verdad. ¿Verdad que sí, Ségolène? —puse una voz de mujer enamorada, sin sobrecargarla demasiado ni que pareciera cursi.

—Sí, dices la verdad, cari —dijo ella, que se moría de ganes por besarme otra vez y que me amaba de verdad.

Y nos dimos el beso, apasionado y sincero, que pareció un golpe muy duro para Jean-Philippe, pero él no reaccionó con madurez, más bien como un idiota que se hace el humillado o el pobrecito macho ofendido.

—¿Pero qué broma es ésta...? Valentina, ¿qué coño haces...? —su voz adquirió un tono estridente, de teatrillo antiguo e histriónico, nada agradable de escuchar.

Dejé de besarle a ella para contestarle, ya que estaba muy harta de sus quejas infantiles, que además, ofendían a mi amiga.

—¡No es ninguna broma, pedazo de asno! Hoy empiezo una nueva vida. Olvídate de mí, vete con tu amiguita, que como es de Málaga, que te haga una comida con *pescaíto frito,* creo que se dice así. Si quieres saber de nosotras, haremos como Louise, la nieta de Gérard Depardieu, y colgaremos fotos muy tiernas en Instagram, como hace ella con su novia. ¡Buenos días!

Le hicimos las dos a la vez un saludo con el dedo medio alzado.

Y cortamos la comunicación. Se acabó el espectáculo.

Luego, pedí perdón a Ségolène, pues creía que la había utilizado para echar de mi vida a Jean-Philippe. Ella dijo que no pasaba nada, le había impresionado mucho mi decisión de elegirla a ella como su nuevo amor.

Así, el nuevo beso entre nosotras fue más rotundo y definitivo para empezar nuestra relación de nueva pareja.

CAPÍTULO IV

Han pasado cuatro meses, y la relación que tengo con Ségolène continuaba muy bien. Yo estaba en mi trabajo, una oficina de esas que venden de todo. De vez en cuando, como sé hablar italiano, he hecho desinteresadamente de intérprete con alguna persona por el Skype del jefe de empresa, ya que los compañeros de trabajo apenas saben decir en italiano *Porca miseria, Caro diario* y *Per favore, amore.*

Agnès, una de mis mejores compañeras de trabajo y también una de mis mejores amigas, se me acercó para decirme que mientras hab aba en italiano con el cliente, mi teléfono móvil había hecho un ruidito. Era el WhatsApp, y era un mensaje de Ségolène. No llamaba por teléfono, pues sabía que no puedo hablar mientras esté trabajando.

—Gracias, Agnès —cogí el móvil.

Lo leí y vi el mensaje de Ségolène. Me enviaba su amor, casi literalmente, pero que me encantó. Siempre me lo decía con naturalidad y nada de cursilería.

—Es de Ségolène —le dije a Agnès.

—¿Cómo te va con ella?

—Muy bien. Es el amor de mi vida, lo que no quiere decir que no haya amado mucho a mis novios de antes, pero este amor me deja mucho más llena... Bien, el fin de semana la llevaré a casa de mis padres para que la conozcan.

—Ah, muy bien.

—Sí, pero estoy cagada de miedo, Agnès. Siempre me ha pasado con mis novios: siempre que debía presentarlos a mis padres, *patapam,* me venía el miedo. Me pasaba con todos, sin excepción. Con Jean-Philippe, Ibrahim, Antoine, Bimba...

—¿Ibrahim te enseñó a cocinar platos árabes?

—Sí, el *cous-cous* me sale bastante bien... Eso sí, la bruja de la madre de Jean-Philippe tenía esa obsesión de que las novias de sus hijos supieran cocinar un plato, pues a mí siempre me exigía hacer un *cous-cous.* Pues tengo suerte de que nunca más volveré a ver a esa bruja —suspiré, como cuando alguien rompe con algo que molesta del pasado.

—¿Tus padres aceptaron que ahora seas lesbiana?

—Sí, son muy tolerantes. En esto tengo suerte. No me quieren comer el tarro con que sólo es una etapa y que pronto me gustarán otra vez los chicos. Soy feliz ahora con mi nueva orientación sexual.

—Me alegro por ti —dijo Agnès, siempre atenta—. Yo soy feliz con mi marido Jean-Mathieu, que no es ningún cretino, como fue tu Jean-Philippe.

—Mujer, no era malo, era un buen tío, per ciertas cosas tenía que no me gustaban, que estropeaban nuestra relación poco a poco... y su traición con la española de Málaga fue el final. Ahora tengo la felicidad con Ségolène, que espero que sea por mucho tiempo.

—Bien, yo seguiré con mi trabajo... que vaya bien el fin de semana, reina.

—Muchas gracias.

Aquella noche, Ségolène y yo hicimos el amor. Y el *pack* de esto incluyó una ducha con las dos. Tengo que confesar que las duchas ya las había tenido con Jean-Philippe frecuentemente, pero resulta que como en la ducha utilizábamos jabón de vez en cuando, él no sabía administrar correctamente la cantidad, y una pequeña cantidad de él se quedaba alojada en su barba. Cuando nos besábamos apasionadamente bajo la ducha, aquel jabón se iba contra mi boca, y por lo tanto, le quitaba mucho encanto a aquella experiencia erótica. Más bien, y sin ningún propósito malévolo, con el jabón, acababa siendo una versión cutre de las torturas chinas de Fu-Man-Chu.

CAPÍTULO V

Llegó el fin de semana e hice el equipaje para ir a la casa de campo de mis padres. Hace mucho tiempo que ellos residen fuera de Paris, en el Norte. Con mi coche, un Rénault modelo reciente, fuimos por una de las autopistas que rodean la capital de Francia. En dos horas llegamos. Están cerca de Amiens, en Saleux, Departamento del Somme y en la Región de los Altos de Francia. La zona es conocida por haber sufrido la peor batalla de la I Guerra Mundial, la del Somme, en 1916.

Antes de salir con el coche, esperé a Ségolène, por supuesto. Llegó con puntualidad, como siempre, y con su maleta, mucho más pequeña que la mía.

Pero debo explicaros que tuve un sueño la noche anterior, que al despertarme me inquietó...

El sueño fue parecido a la famosa escena de la película *El séptimo sello* de Ingmar Bergman, la de la conversación entre el caballero medieval y la Muerte, a la cual desafía el primero a una partida de ajedrez para que le deje vivir más tiempo.

Con una diferencia: el caballero Antonius Block, esta vez no era Max Von Sydow, sino yo misma. Y la Muerte era mi ex novio Jean-Philippe. Los diálogos eran los mismos de la película, y las mismas actitudes de los personajes, sobre todo las de la Muerte.

—¿Se puede saber quién eres tú? —dije yo.

—La Muerte —dijo Jean-Philippe.

—¿Es que vienes por mí?

—Hace tiempo que camino a tu lado.

—Ya lo sé.

—¿Estás preparada?

—El espíritu está fuerte, pero la carne es débil.

Cuando la Muerte levanta su capa negra para cubrirte y llevarte para siempre a la negrura de la misma Muerte, yo, como el caballero, le detuve.

—¡Espera un momento!

—Es lo que todos decís… pero yo no concedo prórroga —dijo la Muerte-Jean-Philippe, seguro de que me llevará con él, que quiere decir que me recuperará como pareja.

—¿Tu juegas al ajedrez, verdad?

—¿Cómo lo sabes?

—Oh, lo he visto en pinturas y lo he oído en canciones.

—Pues sí, realmente soy un excelente jugador de ajedrez.

—No creo que seas tan bueno como yo —le detuve.

—¿Para qué quieres jugar conmigo?

—Eso es asunto mío. Jugaremos con una condición: si ganas, me llevarás contigo. Si gano, me dejarás vivir…

Cuando ya estábamos las dos en el coche, todavía me acordaba de aquel sueño. Era como una especie de advertencia de que Jean-Philippe quería recuperarme como sea…

Los sueños aquellos de imaginarme a mujeres que querían besarse conmigo, ya habían dejado de existir. Eran sólo un aviso, por que me hacía falta cambiar de vida, y ya lo había hecho.

Se lo expliqué a Ségolène, y sacó una conclusión:

—Me parece que tu sueño quiero decir que tu ex novio quiere recuperarte. Y con eso de que es como la Muerte del Séptimo Sello, es como una metáfora de que, más que querer recuperarte, quiere acosarte. Así que el sueño te dice que cuidado con él, si todavía te ama…

Me quedé del todo satisfecha, y sonreí, mirándomela, más enamorada que nunca. Esta conclusión, Jean-Philippe nunca la habría sacado, se habría ido a conclusiones más propias de las comedias de Louis de Funès o Dany Boon.

Puse mucha música en el CD del coche. Por ejemplo, algunos temas de Police, sobre todo *Every break you take,* mi favorito.

Durante el viaje, Ségolène quiso hacerme preguntas sobre algunos de mis ex novios, que no las había hecho todavía. Decidí que como ella es una persona de confianza y que jamás hará ninguna broma grosera de ello, tenía derecho a conocer el tema.

—Pues a Jean-Philippe le conocí en una fiesta posterior a una boda. La novia era amiga mía, y en la fiesta me lo presentaron. El amor a primera vista fue literal. Todavía me acuerdo de la primera impresión: guapo, alto, con aquella barba…

"Empezamos a charlar, no podía quitarle los ojos de encima, y pronto empezaron a poner canciones. Bailamos, y el baile sensual de ambos nos atrajo más y más. Por ejemplo, con *Radio Gaga Ga* de Queen. Estuvimos muy inspirados. Los invitados corearon la letra en inglés de la canción. Jean-Philippe imitó los gestos de Freddie Mercury, y a mí, me divirtió mucho, y a los demás igual, que lo miraban alucinados. El primer beso que nos dimos fue en una canción de éstas en que los dos bailan agarrados, y fue *Blue Eyes* de Elton John.

"Pero inmediatamente después de esta canción, el DJ, que era un cachondo mental, nos quiso gastar una broma, y acto seguido puso una canción de Georges Brassens, *A la sombra de los maridos,* que nos desmontó a todos. Adoro las canciones de Brassens, pero no eran las adecuadas para un enamoramiento. Sobre todo por que esta canción habla de una mujer que tiene un amante, el mismo Brassens… Ya lo dice la letra: *"No arrojéis piedras a una mujer adúltera / Yo estoy detrás"*…

"Jean-Philippe, cuando sintió interrumpido el beso por la canción de Brassens, se cabreó un poco.

"—¡Joder, ya nos ha destrozado el encanto! ¡Brassens, para bailar agarrados, es como pintar para ciegos! ¡Este DJ es un gilipollas!

"—A mí me gusta Brassens. Quienes creo que se cabrearán serán la novia y su marido, por que habla de mujeres adúlteras –dije, divertida–. Casi como en la película *La boda de Muriel*.

"Pero vimos que no, los casados no se cabrearon absolutamente nada. Le reían la broma el DJ, con unas sonrisas de hartos de reír en sus caras y levantando los pulgares de sus manos.

"Empezaron todos a cantar la canción y su sutil y genial texto, que parecía suplicar que las mujeres, casadas o con pareja, dejáramos al pobrecito Brassens ser nuestro amante. Por mí, encantada, no era un Adonis, pero era un genio de la canción.

"–Qué lástima –comenté a Jean-Philippe–. ¡Y yo que creía que desde el lunes algunas agencias de detectives privados tendrán dos nuevos clientes!

Reímos esta anécdota. Sobre todo la última parte, por supuesto, que la interrupción del primer beso debido a la canción elegida.

–¿Y aquel chico que dices que era muy guapo, el magrebí de Saint-Denis? ¿Cómo se llamaba…? –preguntó Ségolène.

–Ibrahim.

–¿Y el lugar de los hechos…?

Sonreí ligeramente con eso de *"el lugar de los hechos"*, como si el lugar en donde lo conocí fuera un escenario de una novela de Agatha Christie.

–Nos conocimos en una discoteca. Recuerdo que la canción de cuando nos enamoramos fue una de Serge Gainsbourg, *Mon Légionnaire*, durante la cual nos movimos de manera sensual. Era muy simpático, y no me resistí.

"Bailamos toda la canción, y él me hizo muecas divertidas, sin parecer ningún grosero ni ningún payaso. Tenía el pelo rizado y corto, barba de dos días, ojos color miel, aspecto sensible y encantador.

"Luego, fuimos a la barra, pedimos dos bebidas y nos sentamos para charlar más tranquilos. Pasó una media hora y yo di el primer beso.

—¿Cuándo te enseñó a cocinar *cous-cous?* —preguntó Ségolène, ya que se acordaba de ello.

—Una semana después. Él cocinaba muy bien. También sabía cocinar platos franceses y europeos.

"Aquello parecía un programa televisivo de cocina. Él dirigía la operación, él cocinaba unos ingredientes y yo, otros.

Como si fuera una serie televisiva en donde se cuenta el pasado de un personaje, decidí parar momentáneamente el relato.

—Luego te explicaré más cosas. Con la lista de ex novios que he tenido, tenemos para dos viajes más.

Y decidí poner un poco de música en el porta-CD del coche. Puse una de las canciones de Georges Brassens, la que se escucha en los títulos de crédito de la película *La cena de los idiotas,* una de tantas canciones irónicas del maestro de Sète: *El tiempo no importa.* La cantamos las dos en una especie de coro, con pasión y muy divertidas. Ya lo dice la letra: *"El tiempo no importa / Cuando somos gilipollas, somos gilipollas / Da lo mismo si tienes veinte años o eres un abuelo / Cuando somos gilipollas, somos gilipollas".*

Para escuchar algo más ligero, inmediatamente puse *Heart of glass* de Blondie. Ségolène dijo que la bailaba muchos años atrás. Pues yo también.

Poco tiempo pasó, y ya llegábamos al pueblo de Saleux. Ahora debíamos encontrar el camino a la casa de mis padres.

CAPÍTULO VI

Llegamos hasta una pequeña calle de Saleux, al lado de Amiens. Fue fácil aparcar el coche. Un pueblo tranquilo, sin apenas ruido. En la rue du Tour des Haies, con la rue de Max Dornoy, todas las casas son bajas y adosadas, con planta baja y primera planta, con un pequeño garaje para dejar los coches de sus propietarios.

Toqué un poco el claxon, sólo dos veces, y muy breves. No quería llamar para nada la atención de la gente del pueblo. Eso sí, nadie de ellos conocía mi nueva orientación sexual, me tenía muy preocupada, pero ya saldré del armario en que nos tiene encerradas la mentalidad de pueblo. Por esto, me siento más libre en Paris.

Pero os confieso ahora que cuando tenía novios magrebíes o subsaharianos, no sabía si a los habitantes les gustaría igualmente que fueran franceses blancos, como Jean-Philippe. Pero la gente se adapta a los nuevos tiempos, como las chicas del pueblo que no quieren sentirse encerradas en un matrimonio que las ahoga, y tienen amores esporádicos o se van a vivir con sus novios sin casarse antes.

Salieron mis padres al exterior, abriendo la puerta. Me vieron, y me lancé contra ellos con alegría, abrazándoles sinceramente a ambos. Ségolène lo veía todo desde dentro del coche, o saliendo un poco de su interior. Ya llegaría el tiempo de las presentaciones.

Me di cuenta de que mi chica esperaba, y la presenté a mis padres.

—Mamá, Papá, os presento a Ségolène.

—Mucho gusto —dijo ella.

—Hola, Ségolène, bienvenida —dijo mi madre.

—Hola, buenos días —dijo mi padre.

El padre nos ayudó a las dos a bajar nuestras maletas del coche para llevarlas hasta la puerta de la casa.

Subimos al piso de arriba, en donde había preparada una habitación para nosotras dos. Era la misma de cuando venía con mis ex novios, por supuesto, y que para mis padres era como de mi propiedad. Hacía tiempo que no venía, la última vez fue todavía con Jean-Philippe, un mes antes de nuestra ruptura por culpa de los cuernos que me puso él con la amiguita.

Me lo miro todo con nostalgia, quizás, por que en aquella habitación pasé momentos muy bonitos, románticos y tiernos, por que cuando tienes pareja, es eso. Ahora se me abría un nuevo mundo con Ségolène. Un mundo quizás de cuento de hadas sin tapujos. Pero con el inconveniente de que nuestro amor es demasiado diferente para la mentalidad de los pueblos. Ya lucharemos las dos contra esta mentalidad, para hacerla evolucionar de verdad.

A Ségolène le encantó la cama que tendríamos. Una cama muy bonita para nosotras dos.

—Sí, cari. Lo más curioso es que es la misma cama que compartí con mis ex novios, ya sabes, Jean-Philippe, Ibrahim, hasta con Bimba, el chico senegalés. Hoy será para nosotras, nuestra pasión y nuestro amor.

—Huy, que bonito suena —dijo ella—. ¿Pero el amor va primero y la pasión después, no?

—Qué pregunta más extraña. Pues creo que van juntos.

Abrimos nuestras maletas para dejar encima de la cama algunas cosas que nos harían falta para nuestra estancia en Saleux. Pero antes, nos abrazamos y nos dimos un beso apasionado. Teníamos ganas las dos de mostrarnos nuestro amor.

Después de un minuto, pensamos en ir a la sala, charlar con mis padres. Salimos de la habitación, cerramos la puerta y llegamos a la sala.

Mi madre, que se llama Mathilde, como yo físicamente, pero mayor, había preparado una bebida para los cuatro. Yo y Ségolène nos sentamos en el sofá, donde ya me había sentado con mis ex. Era como una repetición cíclica, con una persona diferente cada vez desde hace algunos años.

Mi padre, que se llama Jean-Dominique, y al cual todo el mundo llama con el diminutivo de *Jean-Do,* lleva barba con canas, y se parece un poco al actor Lambert Wilson. Sonrió al verme. Él me apoyó cuando le confesé mi nueva orientación sexual, además de que también me confesó que no tenía mucha estima a Jean-Philippe, que su hija no se merecía un novio de poca categoría. Pero nunca me lo decía, por que siempre había respetado mi vida amorosa, y yo ya era mayor para elegir a quien me gustara como pareja, antes y ahora.

Luego, nos sugirió dar un paseo por el pueblo. Pero le dije a Ségolène que, por ahora, no podíamos manifestar nuestro amor en público, aquello no era Paris.

—Sí, Valentina, me hago cargo, pero no quiero fingir, no hago nada malo, y tú tampoco. Sabes que tú y yo somos personas normales, nos amamos como cualquiera, me importa un rábano que seamos dos mujeres...

—Estoy de acuerdo contigo, Ségolène. Sabes que yo, por ti...

—Sí, tú darías la vida por mí, y yo por ti —me hizo una sonrisa de complicidad—. No sufras, pareceremos sólo dos amigas. Hoy me apetecer ser más discreta en público.

—Ay, cariño, no sé qué haría sin ti... —la abracé y le di un beso breve en los labios— Vamos, a que conozcas un poco el pueblo... No obstante, no sufras, que en Saleux respetan a las lesbianas. El otro día, leí en Internet que plataformas como esas de ligar o conocer nuevas parejas tienen lesbianas del pueblo inscritas. Y mi intuición me dice que quizás nos respetarán y querrán igual que si fuéramos una pareja hétero.

—Me dejas tranquila, cari.

Dimos una vuelta por las calles de Saleux. Como habíamos dicho, sin cogernos todavía de la mano, y menos aún darnos un beso en los labios, todo esto en público. Íbamos por la calle principal del pueblo, con sus casas adosadas o normales pero bajas, si las comparamos con las casas de las grandes ciudades del país. Nos acercamos a una tienda de víveres local, en donde el propietario me conocía muy bien. Sobre todo, cuando iba con mis ex novios.

CAPÍTULO VII

Entramos Ségolène y yo en aquella tienda. Los víveres eran sobre todo franceses, los más típicos del país y sobre todo de la región. Podíamos descubrir maravillosos quesos, con algunas variedades, las cuales definió Charles De Gaulle como que *"Es muy difícil gobernar un país con más de 250 variedades de quesos".*

Conozco a la propietaria, Marlène, mujer de unos cincuenta años, todavía atractiva, y su marido, Norbert. Siempre me han apreciado, sobre todo cuando venía allí con mis ex novios, como he dicho. Ya pensaban que algún día habría una boda en el pueblo, aunque ella, quizás, soñaba todavía más con que alguno de los miembros de la familia Poussières, es decir, la mía, se casara con alguna persona miembro de una familia local.

En este caso, no podrá pasar: yo sólo tengo un hermano, del cual luego hablaremos, Julien, que también reside fuera de allí, y tiene una novia, Angélique, que tampoco es de la zona.

—Hola, Valentina, ¿cómo estás? —me saludó cuando entré por la puerta de la tienda, acompañada de Ségolène, y vio que volvía yo a quedar deslumbrada por la cantidad y variedad de víveres a la venta.

—Hola, Marlène —le contesté.

—¿No vienes con Jean-Philippe ? —preguntó ella.

—No, rompimos hace cuatro meses —le contesté, decidida, y con algo de frialdad.

—¡Ay, lo siento! —dijo, con un tono algo melodramático, pero sin exagerar, y un poco como hacen las mujeres de pueblo cuando una historia de amor se acaba.

—No pasa nada, Marlène. Rompimos por que me engañó con otra. Los pillé juntos en la cama —dije otra vez fríamente, para que pareciera un poco de resignación, que así es la vida.

—Hijo de puta… —dijo ella, esta vez en voz baja, como cuando un mito se hunde de repente. Y el mito era Jean-Philippe, para ella el novio perfecto… hasta ahora.

—Vengo con una amiga de Paris, Ségolène, a la que hablé del pueblo y lo quería conocer —presenté a Ségolène, que parecía como una de esas amigas tímidas que llegan a un lugar y no saben cómo han de comportarse.

—Mucho gusto, Ségolène. Bienvenida —dijo Marlène, con la amabilidad plena de naturalidad de la gente de pueblo.

Ségolène miró con mucha admiración todos los artículos de víveres, muy variados y que le recordaban algunas tiendas de su región natal (ella es de la Provenza), y preguntó a Marlène sobre una determinada clase de quesos.

Ella actuó como una amiga que llega a un pueblecito y quiere saber cosas de él. Se olvidó por unos minutos de que era mi pareja, que deseaba como nunca abrazarse conmigo (yo también), para vivir el ambiente de Saleux, que me imagino que le recordaba el de los pueblos de la Provenza.

Llegó la noche, y después de haber cenado, las dos nos fuimos a nuestra habitación. Después de subir la escalera hacía la planta superior de la casa, cerramos la puerta detrás nuestro con suavidad. Yo la había cerrado, y Ségolène, sin darme tiempo para moverme del lado de la puerta, me abrazó y me besó, algo bruscamente, pero con una pasión arrolladora. Comprendí que su pasión y su amor por mi eran imparables, no aguantaba más tiempo sin poder abrazar y besar a su chica, que soy yo misma.

Este beso fue de los pasionales, con su lengua como una especie de catapulta dirigida contra mi boca. Yo reaccioné con mi lengua, como una especie de contraataque amoroso, que iba contra su boca. Las manos de ambas se concentraban en acariciar los cogotes de cada una.

Ella, como buena persona que es siempre, me quiso pedir perdón por su pasión que rozaba el acoso.

—Mi vida, te pido perdón, parece que te he acosado y asaltado, pero no podía más, necesitaba besarte, me volvía loca, quería amarte.

—Te comprendo, reina, yo también te quiero mucho, quería comerte a besos… pero por ahora, estamos en Saleux, y ya tendremos tiempo de decírselo a todo el mundo. Ya has visto que en la tienda de víveres ya no tienen a Jean-Philippe en un altar. Ahora lo ven como un mujeriego que me engaña.

—Exacto, pero es que nosotras parecemos Romeo y Julieta. Seguro que ellos follaron mucho, aunque se escondían de sus familias.

—Romeo y Julieta nunca follaron —la corregí, parecía que nunca había leído ni visto la obra teatral de Shakespeare.

—¡Sí, por supuesto, eso dicen todos! —dijo ella, con ironía. Inmediatamente volvimos a darnos un beso prolongado.

Nos fuimos desnudando poco a poco, y cuando ya estábamos desnudas, aparté un poco las sábanas de la cama para decirle a Ségolène que ya nos podíamos meter dentro, igual que un criado dice que la habitación ya está limpia. Nos metimos con suavidad, primero yo, Ségolène detrás. La cogí de la mano para llevármela hacía adentro. Nos abrazamos y dimos un beso, para decirnos algunas cosas tiernas, pero nada ortodoxas.

—En esta cama, me siento como en Versalles, como una Reina —dije.

—Y yo, como una Princesa —dijo ella.

—Eem… sí, pero somos pareja, cari, y una Reina y una Princesa… no sé, me parece incesto, y no me parece nada erótico… —me puse algo trascendente, sin perder el encanto de mujer enamorada— pero como vivimos en una República... Yo seré la Presidenta de la República.

—Ah, muy bien... y yo seré tu Primera Ministra, ¿no?

—¡Por supuesto, guapa! —le di un beso sonoro en los labios, como agradecimiento— Ay, reina, pues haremos un Consejo de Ministros...

—Tengo la fantasía sexual de que, en esto, Carla Bruni sería una gran Portavoz del Palacio del Elíseo. Deberíamos pedir permiso a Nicolas Sarkozy...

Reímos las dos.

—Ay, guapa, si no fuera por estas fantasías... el sexo sería muy aburrido —dije.

—Pero nosotras tenemos mucha imaginación, y nos sale muy bien —dijo ella.

Nos abrazamos otra vez y empezamos el acto sexual. La primera que tomó la iniciativa fue Ségolène, manoseando mis pechos con suavidad, su lengua disparada contra los pezones... Poco a poco, iría bajando hasta el coño. A veces me acordaba de cómo me comían el coño mis ex novios. Casi todos lo hacían de maravilla, fueron muy tiernos, querían que yo gozara como nunca, y les estoy muy agradecida. Pero Ségolène sabe hacerlo como nadie.

Luego, yo tomé la parte activa, para hacer más bien lo mismo, pero con algunos cambios, y así evitar la rutina, letal en el acto sexual.

Eso sí, evitamos soltar gritos o gemidos de placer y pasión demasiado estridentes, por que estamos en un pueblo pequeño, en donde todos se conocen, y todos pueden oír cualquier ruidito del vecino. Cuando estaba con mis ex novios, ningún problema, pero como somos una pareja lésbica, por ahora queríamos discreción.

CAPÍTULO VIII

Dormimos muy plácidamente, abrazadas la una a la otra. Y cuando abrí los ojos, vi la hora en mi reloj de pulsera. Eran las ocho y media de la mañana. Ya oía el ruido de la calle, de la gente, de los camiones que portaban sus mercancías...

Yo era la que estaba más cerca de la ventana. Ségolène dormía a mi derecha.

La miré durante unos segundos. Abrió los ojos y me sonrió.

—Buenos días, guapa —me dijo, con una voz entre dormida y ronca.

—Buenos días, mi amor —le dije y le di un beso en los labios—. ¿Has dormido bien, no?

—Contigo siempre duermo muy bien —dijo Ségolène.

—Anda, parecemos personajes de una telenovela. Un género que odio, ya sabes —me puse casi como Simone De Beauvoir, denunciando los defectos de la sociedad, y más todavía si ello afectaba a las mujeres y hacía que parecieran tontas.

—Yo también, cariño.

—No pasa nada. Todo el amor que siento por ti, ya sabes cómo es. Y nunca será cursi.

Nos levantamos de la cama y bajamos para desayunar. Después, subimos otra vez para darnos una ducha, esta vez por separado, y cada una con otra ropa salimos para dar un nuevo paseo por el pueblo.

Pasamos al lado de una tienda de electrodomésticos y vimos que un canal de la televisión francesa pondría por la noche la película americana *In & Out,* con Kevin Kline, donde un actor que ganó el Óscar recuerda a un profesor que tuvo en un pueblo de Indiana: *"Quiero dedicar este premio a un gran profesor que tuve, Howard Brackett, de Greenleaf, Indiana... y es gay".* Ésta repentina revelación trastornó para siempre la tranquila vida del profesor y el resto de habitantes del pueblo. Hundió la relación con su novia, y al final, casi todos los habitantes, al estilo *Yo soy Espartaco,* confesaban que en realidad eran homosexuales o lesbianas.

Nosotras no queremos una confesión de este tipo, sólo queremos que nos reconozcan nuestro amor, en este caso lésbico, y nada más. Respetamos totalmente el amor hetero, igual de válido.

Aquella mañana, mis padres me habían dicho que llegaría mi hermano Julien y su novia Angélique, para hacerles una visita. Ellos residen en Amiens, la ciudad vecina.

Mi hermano es guapo y se parece mucho al actor Louis Garrel. Quizás el mismo actor es mucho más guapo, pero Julien sabe explotar su belleza masculina, y por eso supo ligarse a muchas mujeres, y sin nada de prepotencia, esto he admirado mucho de él.

Ségolène y yo estábamos leyendo unos libros de la biblioteca de mi padre, dos libros actuales, y oímos el claxon de un automóvil.

Mi madre dijo:

—Son Julien y Angélique. Puntuales como siempre.

Miré el reloj de pulsera y eran las diez y media de la mañana. Había dicho que llegaría esa misma hora.

—Puntualidad británica. Mi hermano, siempre muy admirador de la cultura del Reino Unido —comenté, con una leve sonrisa.

Esperamos a la entrada de ambos, cuando se abrió la puerta, para acercarnos y abrazarlos. Pero yo no sabía para nada que el destino nos reservaba una sorpresa para mí y para Ségolène. Una chica que ella conoció volvía a aparecer.

Entró Julien en primer lugar, se saludó con mis padres, dando besos en las mejillas. Detrás de él, llegaba Angélique, su novia, con la cual lleva cuatro años. Muy felices, según siempre me han contado ambos. Ya viven juntos.

El ritual de antes con mis padres fue conmigo. Ahora se añadía la chica de mi hermano.

–Hola, hermanito –le dije.

–Hola, hermanita.

–Hola, Angélique. ¿Cómo estás? –le dije después a ella.

–Muy bien, Valentina –como siempre, tenía una sonrisa de mujer feliz, la misma que yo cuando pasaba por el mejor momento de una relación amorosa con mis ex.

Yo, como no sabía nada de su desconocido pasado, la quise presentar a Ségolène. Entonces, al verla, cambió súbitamente su expresión, algo que me sorprendió un poco…

–Te presento a Ségolène… mi nueva novia –dije yo sin tapujos.

–Mucho gusto –dijo Angélique, en medio de aquel cambio de expresión.

–También mucho gusto –contestó Ségolène, pero con una voz que parecía como sorprendida y alerta a la vez. Todavía no sospechaba nada yo de todo aquello.

–¿Os conocíais? –dije yo, ya que sus miradas, cada una a los ojos de la otra, mostraban sin tapujos que no eran ningunas desconocidas.

Hice la pregunta con una sonrisa, no sospechaba nada del pasado de ambas, y menos de la novia de mi hermano y mi pareja.

–Sí… nos conocimos a través de unos amigos –dijo Angélique, aunque parecía dicho deprisa y corriendo, como si quisiera salir del paso y olvidar aquel incómodo momento de la conversación con mi novia.

–Exacto. Y hablamos todos de cualquier tema –dijo Ségolène acto seguido, con un cierto nerviosismo en su voz, y casi pisándose ella misma las palabras.

No quería tener ningún miedo, me parecía una conversación normal entre amigas, igual que las que yo tengo con las mías, sobre todo con mi compañera de trabajo y gran amiga, Agnès. Pero mi intuición me decía que en aquella extraña actitud de las dos hacía la otra, sólo escondía un secreto, como uno de aquellos secretos de los personajes de un culebrón de Latinoamérica o bien de uno de los *feuilletons* de la televisión francesa.

Dos horas más tarde, hablé un poco con Ségolène. Ella me explicó qué le pasaba con la novia de mi hermano.

Me hizo una especie de resumen, en el cual, Angélique tuvo un pequeño lío lésbico con Ségolène, que no duró más allá de unos besos apasionados y tocamientos de los pechos.

−¿Sólo eso? −me sorprendí un poco, no me parecía nada creíble que una experiencia lésbica entre ambas, que a mí me parece que debería ser apasionada como cualquier experiencia amorosa o sexual, sólo fuera una especie de experimento *light,* como un invento del Profesor Tornasol de Tintín.

−Sí, sólo esto, cari −me tranquilizó Ségolène, con una expresión de indiferencia−. Sólo tuvimos aquello... No sé todavía si ella quería probar conmigo, como quien quiere experimentar cosas nuevas, o vete a saber qué... Ella fue como la chica hetero que es algo curiosa.

Me convenció la explicación de mi chica, bien sincera, y pensé que la novia de Julien quizá estaba algo desorientada cuando se lió con ella, nada más. Inmediatamente después, siguió con su vida hetero, y más aún cuando conoció a mi hermano, con el cual lleva unos cuantos años muy felices.

CAPÍTULO IX

Ségolène miraba su teléfono móvil, y era su WhatsApp, con los mensajes de sus amistades personales. Puso una sonrisa triunfal, abriendo sus ojos como mucha alegría, y me dijo, con la boca abierta de par en par:

—¡Valentina, ya tenemos la solución!

—¿La solución? ¿Qué solución?

—La solución a nuestra urgente salida del armario, cari —dijo ella con aquella sonrisa, que ya me parecía que portaría buenas noticias.

—¿Cuál? ¿Llevar una pancarta por todo el pueblo que diga *Ahora soy lesbiana?* —pregunté con ironía.

—No, mira...

Me enseñó su WhatsApp. Leí que habría una quedada de lesbianas en un local alternativo de Saleux, aquella tarde.

Pensé que podríamos allí confesar que somos lesbianas, sobre todo yo, rodeadas de gente de confianza.

—¡Ganemos la guerra contra la lesbofobia! —dije, como una especie de proclama política.

—¡Muy bien! —dijo Ségolène, levantando el puño izquierdo.

Me vino a la cabeza la música de *La dolce vita* de Nino Rota para la gran película de Federico Fellini para ambientar el cómo caminamos las dos para ir desde la casa de mis padres al local en donde sería la quedada lésbica.

Justo antes de entrar, ella y yo nos cogimos de la mano. ¡Vamos, pues!

Cogimos aire y entramos con coraje, decididas, orgullosas, pero nada prepotentes. Nos amábamos mucho, yo amaba a Ségolène con pasión. Ya no queríamos esconderlo más.

La música de aquel momento fue *Ta reine* de la cantante belga Angèle, una canción lésbica muy bonita y tierna. Sería el himno para nuestra entrada.

Vi al lado de la barra de aquel local a alguna amiga que conozco del pueblo, pero que no sabía que también fuera lesbiana. Por que antes, como yo era hétero, no sabía que en Saleux también existían, o estaba yo demasiado metida en mis amores con mis novios, y cometí el pecado de ignorarlas.

—Hola, Sylvie —le saludé.

—¡Hola, Valentina! —Sylvie se alegro mucho, abrió los ojos de par en par. Tenía un botellín de cerveza en la mano, medio lleno.

Sylvie es morena, pelo largo, aspecto femenino, con tatuajes sobre los hombros, muy guapa, con unos ojos verdes brillantes, casi albinos. Vestía pantalones vaqueros y camiseta de tirantes con la frase en francés *Yo soy yo misma*.

Vio que yo iba cogida de la mano con una chica, y me imagino que intuyó que las dos también éramos lesbianas, por que dijo:

—¡Ooooooh, Valentina, bievenida al club!

Su frase fue la típica de una amiga que ve a otra con un vestido con el cual arrasarà en el baile de graduación del instituto.

—Gracias, Sylvie. Te presento a Ségolène —me adelanté a si ella quería preguntarme el nombre de mi chica.

—Mucho gusto, Ségolène. Eres muy guapa.

—Gracias —dijo mi chica, con actitud humilde.

Ambas se dieron dos besos en la mejilla. Sylvie y yo hicimos lo mismo.

—¿Ahora te gustamos nosotras, eh? —me preguntó Sylvie.

—Sí. Jean-Philippe me puso los cuernos con otra, y conocí a Ségolène, a la que quiero mucho. Me ha ayudado a superarlo —dije sinceramente, y con una sonrisa completa.

—No hace falta que lo digas, guapa. Cada uno o cada una, que amemos a quienes amemos y como queramos. Mi hermano prefiere a las mujeres, y mi hermana a los chicos. Son buenas personas, y a mí me respetan. Mis padres no mucho, aun no se han acostumbrado.

Sylvie siempre ha sido inteligente, no quiere convencerme para que sea lesbiana por que sí. Sólo podemos ser lesbianas, héteros o cualquier cosa por que queremos, nada más. Estoy de acuerdo.

—Has tenido suerte, Valentina, con Ségolène. Hacéis muy buena pareja. Y muy elegantes. Yo y mi amiga Marthe también nos queremos, pero no tenemos la clase de vosotras.

Yo y Ségolène nos miramos un poco, nos sentíamos a gusto en aquel local, entre gente que nos dejaba ser como nosotras queríamos ser de verdad.

Así que decidimos consagrar nuestra salida oficial del armario en Saleux, con la única alternativa: darnos un beso apasionado allí mismo. Nos abrazamos tiernamente, mirándonos la una a la otra a los ojos, y poco a poco, sin prisa, empezamos la sesión tierna de besos. Poco a poco también, el ritmo iba más rápido, más pasional, más apasionado.

Nos ayudaba la canción de Angèle, con su letra de amor lésbico que pedía a gritos triunfar: *"Pero te gustaría que fuera tu reina esta noche / incluso cuando dos reinas no son apenas aceptadas / pero quieres que sea tu reina esta noche / a ti los reyes te importan un rábano, no te gustan..."*

Se me ocurrió besarla en la oreja, un beso suave, sensual, con cuidado, rozándola con los labios. Ségolène respondió con un beso en mi cuello, con la colaboración de su lengua. Acto seguido, seguimos con nuestros besos en la boca, con una temperatura pasional alta.

Y pasó algo que nos ayudó en nuestro propósito de decírselo a todo el mundo en el pueblo: Sylvie y Marthe quisieron hacerse un *selfie* con el teléfono móvil, y se lo hicieron. Cuando miraron la foto, resulta que nosotras estábamos detrás.

—¡Oh, qué guapas han quedado Valentina y su chica! —decía Sylvie, con admiración e ironía a la vez.

Yo la oí, Ségolène también, y decidimos dejar nuestros besos para después. Miramos la foto, en donde se nos veía con claridad detrás de ellas, con nuestro beso apasionado y nuestro abrazo tierno y adorable al mismo tiempo, y decidimos que podía hacer con la foto cualquier cosa.

—¡Ningún problema, súbela ahora mismo a las Redes Sociales! —dije yo.

Sylvie dijo, irónicamente, como los soldados de las películas americanas:

—¡Señor, sí, señor!

CAPÍTULO X

Cuando acabó la quedada lésbica, volvimos a la casa de mis padres, pero esta vez yendo cogidas de la mano. No nos vio mucha gente, pero muy pronto cambiaría la actitud o la visión de Saleux con nosotras. El pueblo respeta a las demás lesbianas, ya declaradas hace tiempo, por supuesto, pero yo todavía no era oficialmente lesbiana ante sus ojos.

Todavía estaban en la casa mi hermano y su chica. Estaban hablando de una anécdota que ella decía, con todo entusiasmo.

Angélique, pues, bromeaba con la serie *Sexo en Nueva York,* de cuando Carrie, la protagonista, se le escapó un pedo delante de Mister Big, su novio, y pensó que ya no era una diosa ante él, pasándose todo el capítulo con un repentino complejo de inferioridad.

Yo ya conocía aquella escena, pensé también que es muy fácil que los hombres nos tengan a las mujeres como diosas, pero que si tenemos algún error más bien mundano, aquel aire místico se borra en un santiamén. Por que todo el mundo creemos que las diosas no se tiran pedos, ni aquello huele mal, ni nada de nada.

Al día siguiente, antes de volver a Paris, dimos un paseo por el pueblo. Aun no nos cogíamos de la mano, esperábamos el gran momento, y notamos que algunas chicas jóvenes, que miraban el teléfono móvil, nos miraban con una cierta complicidad, sobre todo por sus sonrisas de, digamos, solidaridad con nosotras. No por que podrían ser también lesbianas, sino por que nos habíamos besado con sinceridad, ternura y muchos otros detalles que sólo una mujer puede comprender... bien, y también los hombres, pero sólo los sensibles y encantadores, como mi hermano, y también mi padre.

Una amiga de mi infancia, Margueritte, nos paró, señaló el móvil y nos dijo:

—¡Hola, parejita! ¡Ya veo que has cambiado de pareja, Valentina! ¡Y me alegro! Jean-Philippe no te merecía, el granuja…

—No, Margueritte, me engañó con otra, y los pillé. Lo envié a la mierda, y mira por donde, dos horas después conocí a Ségolène, y soy muy feliz con ella —le narré.

—No me extraña para nada —dijo la chica, poniendo cara de asco—. Creo que yo haría lo mismo que vosotras.

—No hace falta, guapa —le dije—. Tú, si crees que te gustan las mujeres, pues adelante, como he hecho yo, pero no es ninguna obligación. Tengo amigas y amigos bisexuales, que no tienen ningún problema con ello. Sólo les atacan o nos atacan la mayoría de carcas que votan a Le Pen o los de *Promovoir,* que querían que metieran en la cárcel a los que cometen adulterio en el Matrimonio, por que según ellos, hay un artículo del Código Penal francés que dice no sé qué de la fidelidad obligatoria en el Matrimonio… ¡Si ellos mismos, seguro que justifican adulterios con citas de la Biblia! Y los Le Pen… ¡si tienen más adulterios, hijos desconocidos y no sé qué cosas, más dignas de la Sodoma y la Gomorra que esta gente condenan!

Solté un discurso sincero y también transgresor, pero quería decírselo a alguien. La gente que en el pueblo no me miraba bien si tenía un novio magrebí o senegalés, o ahora por que sea lesbiana, es de los conservadores que no han evolucionado apenas. Aunque Francia tiene fama de país transgresor, sobre todo con sus artistas y cineastas, todavía hay algunos que quieren llevarnos a las mujeres nuevamente a la Edad Media.

Mi amiga se quedó sorprendida, viendo su expresión, por que no me creía con una capacidad discursiva parecida, pero pensó, intuía esto con su mirada, que estaba de acuerdo conmigo, con mi opinión quizás disparatada, pero coherente y sincera.

Hasta ahora, no os había dicho nada de mis opiniones políticas. Como Ségolène, yo veo la Política desde fuera, sin mucho interés, pero si hace falta, tomo parte con un compromiso verdadero. Y más aún con los Le Pen, que quieren vender como santos a gentuza incalificable como Donald Trump y Vladimir Putin, personajes siniestros capaces de prostituir a su madre por ganar dinero o elecciones.

Al día siguiente, cuando ya íbamos en el coche de vuelta a Paris, la primera canción que puse fue *L'instinct de* Johnny Hallyday, que Ségolène y yo coreábamos con entusiasmo.

Más adelante, les explicaré más cosas de mi vida, y también Ségolène, que me deja contarlas. También tendremos problemas, personales y de otra índole, que pondrán a prueba nuestra relación.

SEGUNDA PARTE

VALENTINA, SÉGOLÈNE... Y ANGÉLIQUE

CAPÍTULO PRIMERO

Todo fue un sueño, uno de tantos que tuve, o quizá muy diferentes a otros, y lo más curioso es que fue en blanco y negro, y con la estética de una película de Federico Fellini. Era *Ocho y Medio,* y deberían estar los actores Marcello Mastroianni, Anouk Aimée y Sandra Milo. Pero estábamos yo misma, Ségolène y... Angélique, la novia de mi hermano.

Una pequeña calesa llegaba al lugar en donde Ségolène, yo y una amiga, Martina, estábamos tomando unos refrescos. De la calesa se bajó una chica, vestida con un estilo digamos estrafalario, con una especie de gorro ruso en la cabeza, vestido negro de terciopelo con falda y una especie de velo que le tapaba un poco la cara. Pagó al mozo que conducía los caballos.

De repente, Ségolène, que iba vestida de hombre y de negro, camisa blanca y corbata negra, como Mastroianni en la película de Fellini, cogió el diario que llevaba y se tapó con él. Yo y Martina nos la miramos con una cierta sorpresa.

La chica estrafalaria, que se parecía mucho a Angélique, la novia de mi hermano, empezó a andar, contoneándose como una prostituta o una corista sexy, hacía el sitio en donde estábamos.

Yo la vi, hasta ahora no la había visto, y todo coincidía con el momento en el que yo estaba bebiendo un vaso de agua. Quedé impresionada, casi se me cae el vaso de la mano, como traspasada por la espada de la traición, sintiendo que veía una de las amantes de mi chica, al menos en aquel sueño.

La chica caminó con aquel estilo de película porno con tacones de aguja y se sentó en una silla, al lado de una mesa, cerca de nosotras.

Quise conservar la calma, y con mi ironía, informé a Ségolène de la llegada de aquella chica.

—No, tranquilízate, ya la he visto hace media hora, después de llegar.

—¿El qué...? —dijo Ségolène, fingiendo que no sabía nada de qué era lo que yo le hablaba.

De golpe, la sonrisa que había en su rostro, que no era ninguna de esas sonrisas dulces que me gustaban mucho, desapareció al ver a la chica. Quiso empezar a montar una excusa para mí:

—Te juro que...

—¡No te pregunté nada, y no quiero saber nada! ¡Por favor, evítame la vergüenza de oírte mentir constantemente! —la corté de golpe, sin contemplaciones y levantando levemente la voz. Mi expresión era de ceño fruncido y una irritación constante.

Martina observó a la chica, que estaba sentada, para ver cómo era, e hizo una especie de examen astrológico:

—Esta chica tiene todas las características de haber nacido en marzo o abril, es toda una Aries. Tiene todo el aspecto de las Aries.

—Ya sé de qué clase es aquella —dije.

—¿De verdad...? Pues ella tiene todas las características de ser una de aquellas buenas compañeras de hombres débiles, abúlicos y sin claridad.

Ésta última observación, Martina la hizo mirándose a Ségolène. Ella se defendió como pudo.

—¡Valentina, por favor, no lo sabía! ¡La veo ahora por primera vez, como vosotras dos! En este balneario, en donde puede aparecer gente de toda clase, también puede aparecer esta desgraciada, ¿no? —vio que mi mirada seria y enfadada no había desaparecido desde hacía diez minutos—. Ah, ¿es por esto por lo que me estás atormentando desde ayer por la tarde? ¿Y no pudiste decírmelo en seguida...? Además, una de las cosas que más me ofenden, es que yo pudiera salir con una tía que se viste con estas ropas. ¿No os fijáis cómo va vestida?

Martina trató de calmarnos a los dos, antes de tener una discusión por celos.

—Escuchad, ¿por qué no damos un paseo?

—Escúchame, Valentina, esta historia que tuve con ella se acabó hace tres años, y ya está —dijo Ségolène, tratando que su relación conmigo no tuviera ninguna mancha o peligro de ruptura, diciendo que sí, que había tenido un lío amoroso con aquella, pero que fue durante los lejanos tiempos de cualquier Edad de la Humanidad.

Yo no me creo nada de esto, y me quejo.

—Es verdad… esto lo que más me enloquece. Habla siempre como si dijera la verdad. Como una mujer honesta —me la miro cada vez más enfadada—. ¿Cómo es posible que pueda vivir así? ¡Como si la gente pudiera adivinar lo que es cierto y lo que es falso! ¿Cómo puedes vivir así? —y ahora me dirijo a Martina—: Perdóname, qué melancolía tener que hacer el papel de mujer burguesa que no se entera de nada. ¿Qué tengo que hacer? ¿Reír, como haces tú? ¡Eso no puedo hacerlo!

—No, tesoro, yo… Yo no me río ni pizca —dijo ella, y era verdad, no le había hecho ninguna gracia.

—¿Qué le explicas a ella, eh? ¿Qué le dices…? —le digo, enfadada, a Ségolène—. Me da asco que la hayas mezclado en nuestra vida, que ésta lo sepa todo de nuestra vida, aquella puta… ¡Vaca! —le grité a la chica estrafalaria.

—¡¡Valentina!! —saltaron Ségolène y Martina para hacerme callar.

—¡Anda que tú también eres una sinvergüenza! —reprende Martina a Ségolène.

Hay un silencio de breve duración y empieza a sentirse una música.

—Pues mira… —dijo Ségolène, que se había puesto unas gafas de sol, y cambió la expresión de su cara por una cínica.

La chica misteriosa empezó a cantar una especie de aria operística, o de coro de iglesia, siguiendo la música del tema principal de Nino Rota para *Ocho y medio.*

—Canta muy bien, Angélique —oyó Angélique una voz al acabar la cantata. Era yo misma, que le quería felicitar por su talentosa voz.

—No, sólo soy una *dilettante* —se excusó, con modestia.

Sí, de golpe, las antes enemigas nos convertimos en amigas cordiales. No sé si por lo de que si no puedes con ella, pues únete a ella.

—Hace mucho tiempo que deseaba conocerla —le dije.

—¡Y yo también! —dijo Angélique, con mucha admiración a mí.

—Usted es muy elegante —le apunto ahora.

—¿Pero qué dice? ¡Usted sí que es elegante! Y muy refinada —dice ella.

Acabamos bailando un pequeño baile juntas, con Ségolène que nos observa desde su silla, para acabar aplaudiéndonos.

Así acabó el sueño, con una especie de final feliz. Peculiar, asimismo, pero feliz.

CAPÍTULO II

Despierto en la cama de un hotel. Al lado mío está Ségolène, muy dormidita. Las dos estamos desnudas bajo las sábanas. Me acuerdo que estamos en un paraíso, en el sentido literal de la denominación. Hemos viajado a una de las islas francesas del Pacífico, y hemos pasado hasta ahora dos días maravillosos. En la playa, en la cama, paseando, conociendo la zona y mirando los paisajes que pintó Paul Gauguin, ya que las Islas Marquesas fueron las últimas que conoció. Antes estuvo en otro archipiélago, la Polinesia.

Este viaje fue por el aniversario de nuestra relación, un año juntas, y decidimos hacer un viaje, de esos de luna de miel. Juntamos unos ahorros y elegimos las islas del Océano Pacífico. O una de aquellas maravillosas islas.

La isla es Hiva Oa, en el archipiélago de las Islas Marquesas, en donde están las tumbas de precisamente Paul Gauguin, y también la de Jacques Brel.

Y ahora, en la cama, tuve este sueño en donde las dos hicimos una especie de parodia del *Ocho y medio* de Federico Fellini. Me he visto como una mujer celosa, por que mi novia Ségolène tenía como amante a otra mujer, y se parecía mucho a Angélique, la novia de mi hermano. Ambas tuvieron, según me dijo Ségolène, una breve relación.

Me pongo detrás de ella, la acaricio con las manos por su suave cuello, y le hablo suavemente, como un susurro.

—Ségolène...

—¿Hem...? —dijo ella, saliendo de su sueño de haber dormido durante la noche... o quizás no, ya que follamos varias veces, creo que tres. Una noche de pasión que me encantó.

—Buenos días, cari —le di un suave beso en el cuello.

—Buenos días... —contestó mi chica, con una sonrisa encantadora en medio de sus ojos todavía cerrados, y su precioso cabello rubio enredado como si hubiera pasado por la silla eléctrica.

—¿Has dormido bien?

—Ssssssssí... —dijo, medio dormida aún, y poniendo su voz un sonido sensual.

Se dio media vuelta y puso su cara en dirección a la mía, y me besó. Yo le respondí con el mismo propósito.

Nos ponemos las manos detrás de nuestros cogotes, con dulzura, y nos recreamos en lo de nuestros besos, con lengua o sin ella, con más velocidad o sin ella, y nos dejamos llevar por la pasión. Por nuestro amor.

Por la pasión, sí... hasta que ella dijo:

—¿Follamos?

Aquí, dije que no podía ser. Por lo menos ahora mismo.

—¿Otra vez...? Perdona, cari, pero anoche follamos mucho. ¡Tres veces! —lo destaqué con tres dedos de la mano—. Nuestros orgasmos, además, contabilizados, parecían el resultado de un partido de balonmano. Me gustó mucho, te lo juro, mi vida, pero hoy quiero hacer otra cosa. Ya follaremos esta noche.

Ségolène hizo una expresión de pequeña decepción. Sus ojos se desfiguraron un poquillo.

—De acueeeeeeerdo... —dijo, alargando mucho las letras *"e"*.

—Vamos, cariño, sabes que te quiero un montón. Lo que pasa es que nos hemos gastado la tira de pasta para hacer este viaje de aniversario. Y si queremos encerrarnos en una habitación y follar todo el tiempo, ya tenemos la mía y la tuya.

Recordemos que cada una vivimos en nuestra casa.

—Sí, ya lo sé —nos dimos un breve beso en los labios.

Fuimos a desayunar, y después volvimos a la habitación del hotel, para darnos una ducha, primero fue ella y después yo.

Cuando ya nos habíamos vestido, salimos para pasear largamente por toda la isla. Aprovechamos para hacernos muchas fotos al lado de la inmensa cantidad de maravillas naturales que allí hay abundantemente.

Para ambientaros algo, saqué el teléfono móvil, para oír la canción *Les Marquises* de Jacques Brel. El gran cantautor belga pasó sus últimos años de vida en el archipiélago, ya que sufría cáncer de pulmón, que le hizo caer en una depresión. Cuando murió en el año 1978, pidió que sus restos mortales fueran enterrados precisamente en aquella isla.

"Hablan de la muerte / mientras hablas de una fruta / observan el mar / mientras miras un pozo / Las mujeres son lascivas / en el temido sol / y si no hay invierno / esto no es el verano..."

Así comenzaba esa gran canción suya, que estaba en su último disco, un homenaje a las islas que finalmente fueron su tumba. Está en el Cementerio de Atona, en donde también está el pintor Paul Gauguin.

Ségolène sacó su teléfono móvil, y la canción que eligió fue *La Javanaise,* que compuso Serge Gainsbourg, y que primero cantó otra grande, Juliette Gréco. Es decir, otra canción que habla de islas exóticas, ahora de una chica fascinante, la cual sería deseada por los hombres... y por nosotras dos.

Si queréis saber si nosotras, como mujeres lesbianas, miramos con cierto deseo a las chicas de la isla, yo diría que en algún momento sí, esto no puede evitarse. No queríamos hacerlo, primero por que somos pareja y esto es sagrado. Luego, nosotras transigiremos en que si alguna chica quiere algún rollo sexual con nosotras, será respetando su origen. Quiero decir que me acuerdo de cuando el pintor Paul Gauguin llegó a la Polinesia, y tuvo muchas amantes entre las chicas nativas. Ahora se le acusa de ser una especie de símbolo del colonialismo francés, de cómo los hombres franceses trataron a las chicas nativas de cada una de las islas francesas repartidas por todo el mundo, sea en la Polinesia, en Nueva Caledonia, en el Caribe, en donde sea, sólo como objetos sexuales. Nosotras no queremos ser como aquellas personas, respetamos el origen de cada una de las chicas.

Quizá os habrá impresionado nuestra sinceridad. Quiero decir en que podríamos llegar a tener una especie de *ménage-à-trois.* Nada de eso, sólo en sueños, que el pensamiento es libre. Como le pasaba a la prota de la serie británica *Pure,* de la que ya hablé en la primera parte de mi relato, no se pueden controlar absolutamente nada los impulsos sexuales, al menos mentalmente. Pero no queremos, de ninguna manera, caer jamás en las maneras de ser más deplorables del turismo sexual. Y esto no es exclusivo del Primer Mundo o de Occidente: muchos chicos de Tailandia conocen a muchas chicas japonesas, que quieren tener su primera relación sexual con ellos, en vez de hacerlo con chicos de su país.

Aquella misma noche, pude hacer lo que debía a mi chica: una noche sexual de categoría. Como uno de los puertos de montaña del Tour de Francia, el Tourmalet del sexo, digamos.

Quizá exagero mucho, pero disfruto mucho del sexo con mi chica. Aquella noche tocaba masturbación con la mano sobre el clítoris y la vagina que me hace ella, primero con el dedo índice, suavemente sobre mi sexo, y cuando empiezo mi sesión de gemidos de deseo, aquel dedo índice, con suavidad, se introduce en mi vagina. Nunca lo hace con dureza, bien al contrario. Mientras me hace eso, me da un beso intenso, que yo disfruto, y mis manos acarician con fuerza su cogote.

Por mi parte, luego yo pasaba mi lengua por sus muslos, en la zona próxima a su sexo, muy pocos centímetros cerca. Mi chica disfruta con suaves gemidos, y también me acaricia la cabeza. Dedico a esta parte sexual dos minutos consecutivos. La progresiva excitación de Ségolène la llevó a uno de los orgasmos que ella denomina obra de arte, pero como cuando me comparaba con el *pequeño saltamontes* y su maestro de la serie *Kung Fu.* Quizá por que yo he sido la discípula del maestro, eso sí, yo no tenía la cabeza rapada ni ella era ciega.

Podría hablar de más cosas que hicimos aquella noche, pero esto no es ninguna novela erótica, y quiero sugerir más que mostrarlo todo. La gente que me lee es bastante lista para disfrutar con el sexo descrito. Volveré a decir que nuestros orgasmos fueron otra vez en número alto, salieron con naturalidad, nada forzada.

Asimismo, si hace falta, haré más descripciones sexuales más explícitas, más apasionadas, cuando llegue el momento. Ahora estamos en el sexo tropical.

Pasamos unos días más en aquella preciosa isla. Al acabar, volvimos a la metrópoli.

CAPÍTULO III

Pasamos algunos días hasta que nos volvimos a acostumbrar a lo del cambio de horario. En Francia, las horas son menos que en las islas. Pero muy pronto ya cogimos la costumbre de las horas habituales para todo.

Como todavía no teníamos que irnos al trabajo de dada una, aprovechamos para descansar un poco. Aquella noche, la pasamos en casa de Ségolène. Tenía una cama con espacio en donde podíamos estar las dos sin problemas.

Nuestro ritmo de sexo, por lo del *jetlag,* había menguado. Ahora podíamos hacer otras cosas. Leer, ver juntas alguna película en las plataformas de Internet o de la colección de DVDs que ella tenía. Yo también tenía una colección parecida en mi casa, y de vez en cuando, como cualquier pareja, compartíamos algunas de ellas.

Vi con Ségolène una película alemana de 1931, *Muchachas de uniforme,* la primera lésbica, o así nos la venden, con una profesora y una alumna, en medio de un ambiente opresivo, casi de academia militar parecida a la de *La Chaqueta Metálica* de Stanley Kubrick, pero con chicas muy jóvenes. Aunque con sólo insinuaciones del tema, más que explícito, pero fue una pionera en el cine con lesbianas, quiero decir con lesbianas positivas, nada que ver con películas misóginas y lesbófobas en donde las lesbianas sólo éramos asesinas sin sentimientos y frías como cualquier robot de la saga Terminator.

Al acabar la película, Ségolène se fue a una estantería, en donde tenía un álbum de fotos y lo cogió para enseñarme una de ellas.

—Mira esto, Valentina, te presento a mi primer amor lésbico.

—¿Ah, sí...?

Señaló una foto, con ella y otra chica muy guapa, castaña y ojos verdes, con las manos de ellas sobre sus hombros, e inmediatamente me empezó a contar cómo fue aquella historia de amor.

—¿Cómo se llamaba? —pregunté.

—Mireille. Era maravillosa. La conocí en la Universidad —dijo Ségolène, con mucha admiración por su ex novia.

Como yo soy la narradora, elegiré el concepto de narración en tercera persona, para explicaros aquella bonita historia.

Ségolène, en el Instituto, tuvo varios novios, pero ninguno de ellos la llenaba de verdad.

Cuando empezó a ir a la Universidad, tuvo Ségolène la suerte de conocer a algunas amigas, y una de ellas, por supuesto, era lesbiana. Era Mireille, y empezaron a verse en un grupo de amigos y amigas universitarios.

Ségolène miró a Mireille por detrás, cuando iba por los pasillos de la Universidad, pero no tenía aún el coraje de hablarla, o al menos decir que le gustaba.

Pero una semana más tarde, cuando Ségolène se dio media vuelta, notó que Mireille la miraba, aunque no la veía, pero sentía sus ojos mirándola. Sentía aquella sensación, que era agridulce.

Tuvo el coraje de girar la cabeza y mirarla. Mireille se puso roja, como si fuera una *voyeuse,* y Ségolène le sonrió.

No obstante, Ségolène tuvo suerte. Mireille quiso hablar con ella, con cualquier excusa, y fue corriendo a charlar con ella.

—Hola, Ségolène —dijo Mireille—. Quería preguntarte algo…

—¿Qué cosa? Lo que sea, te puedo ayudar —dijo Ségolène, decidida a complacerla con cualquier truco.

—De acuerdo. Me alegro.

—¿Quieres que tomemos una cerveza?

—Genial.

Las dos hablaban con timidez. Estaban enamoradas la una de la otra, y como no sabían si a la otra también le gustaban las chicas, no se tiraban encima.

Tomar una cerveza les animó, les dio coraje para intentarlo. Intentar enamorar a la otra.

Con el alcohol moderado del botellín de cerveza, las ideas ingeniosas se dispararon. Charlaron durante una hora, y se levantaron para andar y salir de allí.

El bosque que había al lado de la Universidad era más bien íntimo, y podía ser una excusa muy buena para intentar acercarse. Se tumbaron sobre el césped, y fue Ségolène quien tuvo de ellas el primer intento de coraje amoroso. Habló a la oreja de Mireille suavemente, un susurro muy sensual. Sólo fue un comentario intrascendente, pero Mireille lo captó con deseo cada vez menos disimulado.

Las dos se dieron cuenta de que nadie las miraba, y tenían barra libre, digamos, para empezar un amor.

Cuando Ségolène dijo algo más a la oreja de su amiga, se decidió y le dio un beso en los labios. No durante un segundo, sino un beso de los buenos. Apasionado, directo, dulce. No sujetó por ninguna parte del cuerpo a Mireille, para que ella se encontrara libre y que no pareciera aquello ningún acoso sexual. Mi actual novia tuvo la suerte de que a Mireille, aquello le gustó mucho y le abrazó con fuerza y pasión, devolviéndole el beso con más pasión todavía. Con la intimidad de no sentirse observadas, sus besos se alargaron durante un buen rato.

Todo esto podía ser el típico beso de adolescente, cuando todavía crees que esto durará para siempre, pero Ségolène lo explica con entusiasmo y puedes sentirte como ella, en su enamoramiento.

Las dos empezaron una relación que duró tres años. Muy bonito fue, por supuesto, y aunque de vez en cuando tuvieron varias discusiones, evitaron siempre cualquier aspecto tóxico. Y lo mismo cuando rompieron, cuando la relación se había consumido como una cerilla gastada.

—Después conocí a varias mujeres, de todos los orígenes, y fui muy feliz con cualquiera de ellas. Sólo me dolía mucho cuando llegaba el final de la relación, por que alguna vez, incluso acabamos como en una especie de guerra civil —dijo Ségolène, con una cierta tristeza en los ojos y en su rostro. Casi se le podía salir alguna lágrima.

Yo le di un abrazo para animarla, además de varios besos de amor. Yo misma pasé, quizás como cualquiera, por algunas relaciones amorosas con dolor, con tristeza, y las había superado con el paso del tiempo. Por ejemplo, como ya recordaréis, el dolor que padecí cuando mi ex novio Jean-Philippe me puso los cuernos con otra... Tuve la suerte de conocer a Ségolène inmediatamente, y no tuve que sufrir un dolor terrible del desamor durante semanas o meses.

CAPÍTULO IV

Acabé el capítulo anterior citando a mi ex, Jean-Philippe, y quiero recordar unos de los momentos más dolorosos con él, no por su culpa, sino de su madre, Madeleine, tiránica y obsesiva, con la cual tuve momentos muy duros.

Madeleine se parecía mucho a la actriz Isabelle Huppert, capaz de hacer personajes de mujer fría, tiránica o cínica sin tapujos y sin parecer exagerada.

Primero, tuve entonces uno de mis sueños de aire cinéfilo, en donde estaba él en una Comisaría de Policía, como Norman Bates en *Psicosis* de Alfred Hitchcock, con la voz en off de la madre hablando de cómo su hijo, según ella, se merecía acabar así, como una especie de despojo humano.

Jean-Philippe, con aquella expresión escalofriante copiada de Norman Bates. La voz de la madre, Madeleine, directa y que helaba la sangre si la oías:

—Es muy duro para una madre decir cosas que condenan a su propio hijo, pero no podía dejar de ninguna manera que todos creyeran que el crimen lo cometí yo. Ahora lo encerrarán. Siempre fue un malvado. Aquella chica era mala. No podía dejar de ninguna manera que creyeran que yo maté a aquella chica, y a aquel hombre, como si yo pudiera hacer algo tan repugnante. Que sepan que yo no haré nada, que no puedo mover ni un dedo. Y eso haré: no me moveré para nada. Sospecharían de mí. No me atrevo ni siquiera a espantar esa mosca... Que sepan que no puedo ni siquiera matar una mosca. Sí, eso dirán de mí: ¡¡¡Pero si ni siquiera fue capaz de matar una mosca!!!

Acabó este discurso con la expresión espantosa de Jean-Philippe y un segundo, justo un segundo, de la cara de la madre convertida en una calavera humana, como en las banderas piratas.

Por supuesto, no nos olvidemos de la música de Bernard Herrmann y los instrumentos de cuerda, decisión suya para la película, magistral e inquietante, muestra de la visión nihilista de Hitchcock, que siempre odió a la Humanidad, y tenía razón para ello.

Tampoco estaría fuera de lugar si apareciera ella como el Darth Vader de *La Guerra de las Galaxias,* diciendo a su hijo la famosa frase del malvado personaje, adaptada al género de ella, y con aquella máscara negra y su respirar asmático característico:

—¡¡¡Jean-Philippe, yo soy tu madre!!!

Un día, la madre y Jean-Philippe tendrán una discusión, en donde la madre coge una escoba y la rompe contra la cabeza de su hijo. Yo lo vi todo, horrorizada.

Antes, empezó la discusión.

—¡Eres un gilipollas y un inútil, hijo! —gritó Madeleine a su hijo.

—¿Por qué dices eso, madre? —dijo él, asustado por la prepotencia casi obsesiva de su madre.

La música que me venía a la cabeza era el himno *Ave Satani* compuesto por Jerry Goldsmith para *La Profecía,* por que ella era como el Demonio, como el niño Damien, convertido en persona mayor y mujer.

"Ave Satani... / Ave ave Versus Cristus / Sanguis Bebimus / Corpus Edimus..." —coreaba el coro satánico de la melodía.

—¡Por que esta chica, esta fulana que tienes como pareja, te ha lavado la cabeza, gilipollas de mierda! —gritó ella.

Se refería a mí como una fulana, que le he manipulado... Yo, que lo amaba como nunca he amado a mis ex novios, para ella, sólo era una fulana, una puta, vamos. Me horrorizaba aquella definición, totalmente injusta.

—¡Madre, no te permito para nada que hables así de mi chica, a la que adoro! —desafió el chico a su madre, aunque más bien parecía una respuesta de niño al cual han dicho aquello de *eso no se hace, eso no se dice, eso no se toca.*

Madeleine cogió una escoba, con el palo de madera, y fuera de sí, la dirigió contra la cabeza de su hijo. La madera era floja, pero me quedé horrorizada por la agresión padecida por mi novio de entonces.

La madre, sin ninguna compasión, dejó al hijo así, caído por el suelo, cubriéndose la cabeza con las manos por el escobazo. Estaba al lado de los restos de aquel palo de escoba. Salí de mi escondite para ayudarlo.

—¡Jean-Philippe! ¡Amor mío! ¿Pero qué te ha hecho esta desgraciada? —dije, con la voz plena de angustia.

Él, medio aturdido, sólo me pudo responder que nada, que su madre es así. Yo no pude aguantar más a aquella mujer, así que seguimos él y yo con nuestra relación amorosa, pero sin ver casi nunca a la madre.

Pero también tuve otro sueño de esta clase, y fue uno con *El Nombre de la Rosa,* ahora un convento de monjas, en donde yo misma era la Hermana Marthe de Santa Cecilia, y venía acompañada de Ségolène, como la Hermana Thérèse du Paradis. La Madre Superiora era la madre de Jean-Philippe.

Ella nos recibió con muy poca cordialidad. Pero necesitábamos charlar con ella, por un asunto muy urgente. Ella acababa de reñir a unas monjas por que reían sin parar, lo cual la ofendía. Yo y Ségolène, es decir, las hermanas Marthe y Thérèse, con nuestras humildes ropas franciscanas, hablábamos con Madeleine o la Madre Superiora, una monja benedictina con ropas más bien aristocráticas.

—Os pido disculpas, Hermana Marthe. Esta gente reía por cosas risibles. Las franciscanas sois de una Orden en donde la risa se contempla con indulgencia.

—Es cierto, San Francisco tenía mucha tendencia a la risa —contesté con mi talento diplomático como monja franciscana.

—¡La risa es un viento diabólico, que deforma las facciones y hace que las hermanas parezcan monos! —dijo Madeleine, con su discurso moralista digno de la señorita Rottenmeier de aquella serie japonesa de dibujos animados, *Heidi.*

—Los monos no ríen. La risa es un atributo humano.

—Como el pecado. ¡Cristo nunca rió! —gritó ella.

—¿Podemos asegurarlo?

—¡En ningún momento de las Escrituras se dice que riera!

—Tampoco en ningún momento se dice que no riera —rebatí todos sus argumentos.

Seguimos con la conversación, hasta que ella estalló desagradablemente en una actitud hierática contra nosotras. Decidí que ya no teníamos nada que hacer en aquel convento, y nos marchamos.

Aquellos sueños eran una perfecta metáfora de cómo era aquella mujer, con su hijo e incluso conmigo. Un día, nos juntó a todas las novias de sus hijos varones, para realizar una de sus obsesiones: que cada una cocinara un plato, cualquiera, muestra de su obsesión para que sus hijos tuvieran una mujer ama de casa.

Además de Jean-Philippe, ella tenía tres hijos varones, además de dos hijas. Yo, por haber tenido un novio magrebí, Ibrahim, aprendí a cocinar *cous-cous.*

Nos presentó a las chicas como en una feria de ganado. Me sentí ofendida, incómoda.

Miré a las demás chicas, y ponían la misma cara de asco, de sentirse utilizadas como bufones del teatro cómico. Todas ellas amaban intensamente a sus novios, yo también al mío, pero aquello sobrepasaba su dignidad como personas.

Ahora me alegro de haberla perdido de vista para siempre. Ya no soy la novia de su hijo, y me imagino que desde que se enteró de que ahora soy lesbiana, ella me odiará más que antes.

CAPÍTULO V

Un mes y medio más tarde, me llegó a mi WhatsApp un mensaje totalmente inesperado y repentino. Y era de esos que quien los ha enviado, se ha equivocado de destinatario. Si esto es una novela, quizá sería trágico para la persona que había de recibirlo… y para la otra persona que lo ha leído sin tener que leerlo.

Era un mensaje de Angélique, la novia de mi hermano, y era dirigido a mi novia Ségolène.

"Ségolène, soy Angélique. Todavía te echo de menos, no puedo evitarlo, perdóname. Es que cada vez que hay una lluvia torrencial, me acuerdo de nosotras dos, besándonos apasionadamente bajo miles de litros de agua… Y de lo que pasó una hora después. Amo mucho a mi novio, que es el hermano de tu novia, además, pero lo nuestro fue más potente, sensual y excitante".

Lo leí tres veces, para ver que no era ninguna broma. Decidí guardar el mensaje, antes de que fuera borrado por Angélique. Por que esto hizo justo dos minutos después.

La descripción que Angélique hace en su mensaje de WhatsApp, es clavada a la escena de la película *Match Point* de Woody Allen, en donde el protagonista, Chris Wilton (Jonathan Rhys-Meyers), y Nola Rice (Scarlett Johansson), futura cuñada suya, bajo una tormenta y una lluvia copiosa se dan una tonelada de besos apasionados, para abrazarse y revolcarse sobre la hierba. Ya no son Rhys-Meyers, ni tampoco Scarlett Johansson (lástima, Ségolène siempre me gastaba bromas con que desearía a la Johansson como su amante).

Ahora están Ségolène y Angélique, donde se dicen que esto es una locura, deberían irse a su casa, pero se dejan llevar por la pasión y casi se comen vivos, acabando llenos de briznas de hierba por toda la ropa, y ésta, empapada por la lluvia incesante.

La escena tiene un morbo muy alto, pero de repente, ya que una de las dos chicas es mi novia, que me ayudó a pasar sin ningún problema de hetero a lesbiana, me viene una sensación nada agradable de celos.

Cuando se dice en el mensaje que más cosas pasaron después, mi imaginación se disparó sin control, y ya tenía un morbo enfermizo sin sentido... No me las imaginaba sobre la hierba para quitarse la ropa, como en la escena mencionada de Match Point, la hierba es algo incómoda para dos personas desnudas follando, Ségolène y yo lo probamos un día, y también con algún ex novio.

No, me las imaginaba en una habitación cualquiera, quizá de un hotel o una pensión, algo cutre y pobre. O quizá de esas de lujo... Ségolène sería la que llevaría la iniciativa, comiéndose viva a la novia de mi hermano, la cual no dejaba de gemir por el placer desatado que padecía. Como cuando ella me hacía el amor, y yo me dejaba hacer cualquier cosa, que siempre era muy buena y de una calidad sexual inmejorable.

Decidí dejar de pensar en este show de sexo porno lésbico, algo parecido ya vi cuando pillé a Jean-Philippe y a su amiguita española, pero por lo que dice el mensaje, aquello pasó hace mucho tiempo, y Angélique se deja llevar por la nostalgia, por que con mi hermano no habrá bastante para ella, con todo el sexo que él le da. Mi hermano siempre ha sido muy generoso en el sexo con sus novias, me lo dijo con una humildad muy alta, y yo me lo creo, me lo he creído desde siempre.

Mientras yo estaba concentrada en esta sesión de sexo, no me había dado cuenta de que mi novia había llegado a mi casa. También tenía las llaves de aquí (cada una tiene dos juegos de llaves, de cada una de las casas de ambas), y tuve que cerrar el WhatsApp para que ella no viera que le estaba espiando involuntariamente.

Pero para mí misma, había un detalle que me atormentaba: Ségoléne no me dijo la verdad sobre el rollete entre ella y Angélique, que os expliqué en mi anterior novela. No fueron solamente unos besos y cuatro caricias, es decir, un asunto amoroso más bien inofensivo, nada de eso. Fue mucho más...

Y Angélique, que no puede más, desea a mi novia. Esto parece un *thriller* sexual de François Ozon, no sé si *Amante doble* o *Joven y bonita*.

Dejo aparcado el tema de los posibles cuernos que yo podría tener en mi cabeza, y sonrío al ver llegar a mi chica. Una sonrisa sincera, yo la amaba demasiado, me daba lo mismo si ella era el mismísimo Adolf Hitler.

—Hola, guapa, buenas tardes —me dijo Ségolène, con su preciosa voz.

—Hola, cari, te quiero. Te echaba de menos —le dije. Quería comérmela viva, pero sin ninguna violencia, comérmela a besos.

—Yo también... —me dio un beso vivo y apasionado. Yo la abracé con fuerza, ella se dejó llevar por la pasión del momento.

Empezamos a hacer el amor, digamos vestidas al principio, y poco a poco, nos quitamos la ropa. En mi cabeza había una especie de extraño sonido, quizá de película de intriga al estilo Roman Polanski, con música de Alexandre Desplat, por supuesto, nada de música sensual de dos chicas que se aman mucho, como nosotras. Más bien una música de ten cuidado, que algo grave puede destrozar nuestro amor y también nuestro sexo.

Parecía que, como en aquella serie policíaca alemana del *Comisario Rex,* en donde un perro pastor alemán ayudaba a un Inspector de Policía a coger asesinos, nosotras dos estaríamos en un cámping, follando apasionadamente, hasta que un psicópata asesino de mujeres entra en la tienda y nos mata salvajemente.

Aquella sensación, quizás surrealista y fuera de lugar en una relación sexual perfecta, como la nuestra, yo hacía esfuerzo en quitármela de la cabeza, pero me fue muy difícil. Ségolène se esforzaba mucho, como siempre, en hacerme pasar un inolvidable rato sexual. Ahora me comía los pechos con la lengua. Yo todavía estaba dentro de una especie de jaula claustrofóbica, que no me ayudaba para nada a disfrutar de aquella bonita sesión de sexo.

Cuando ella, justo después, quería meterme sus dedos en mi vagina, que como siempre conseguía que yo disfrutara con placer extremo, yo sentía durante unos segundos, quizás cinco, quizás quince, que era el cuchillo de un asesino de homosexuales tipo *A la caza,* o de la lesbiana asesina de *Instinto Básico.* Ésta última me la quise quitar de la cabeza por respeto a Ségolène, no me la imagino jamás con un picahielos matando a chicas o chicos. Nunca he sido de imaginarme a Sharon Stone como una amante nuestra en la cama para un *ménage-à-trois.* Nos gustan a nosotras chicas con más clase, como Carla Bruni. La Stone siempre nos ha parecido muy grosera.

Como dije antes, esta paranoia extraña parece más de las películas de François Ozon, como en un thriller erótico de cine negro que hizo, *Amante doble,* con una chica que se enamora de su psiquiatra, el cual le oculta una parte de su identidad, que tiene que ver con hermanos gemelos, Psiquiatría y más historias *bizarres.* Una foto conocida de la película es con ambos sentados uno enfrente del otro, desnudos. Ozon siempre ha mirado de hacer un tipo de cine que roza lo más sórdido o transgresor, pero más el lado sórdido del ser humano.

Cuando me quité esto de la cabeza, pude empezar a disfrutar de verdad de los dedos de mi chica dentro de mi vagina y otros recursos sexuales que también yo aporté. Me acordé de la música sensual de Angelo Badalamenti para la serie *Twin Peaks,* aquel *Audrey's Dance,* en donde esta chica, al oírla en el bar del pueblo, se movía con sensualidad, un ritmo cadencioso y abriendo mucho los brazos, mirándosela con extrañeza y fascinación a la vez una amiga suya. Algún día, trataré de hacerlo con Ségolène, seguro que tendremos unos preliminares fantásticos para una noche de pasión fuera de convenciones y tópicos.

Audrey's Dance tiene una duración de cinco minutos, imagináos qué más cosas incluimos en la sesión de sexo, que incluyó hasta un *69.*

Nos salió una, pues, de lo más completa. Y nuestros orgasmos, al principio flojos o aburridos para mí, se convirtieron en una sensación gloriosa que no quería que jamás se terminara.

CAPÍTULO VI

Pasó una semana, y ya me había olvidado de mis celos. Ségolène me mostraba una invitación que había recibido por Correo ordinario, sí, el que todavía se envía dentro de sobres de papel.

—Mira, Valentina, una invitación para ir a una fiesta de disfraces. La hacen amigos y amigas míos. Podríamos ir, con el disfraz que quiera cada una. ¿Te gusta?

—Sí, cari, me gusta mucho —leí la nota con la mano derecha y sonreí, abrazando a mi chica con el brazo izquierdo—. Alguna vez me he disfrazado, pero tendré que romperme la cabeza para pensar en un disfraz original.

—Yo ya tengo uno bueno pensado. Te sorprenderá, ya lo verás.

Ségolène, siempre con su entusiasmo. Un entusiasmo contagioso, ya lo conocéis.

Al día siguiente, me puse a buscar un disfraz adecuado para mí. Ségolène ya buscaría el suyo, quiere que sea una sorpresa, y yo siempre respeto su criterio. Cogí, por azar, un libro del antiguo Egipto, y al ver una recreación de cómo era la Reina Cleopatra, decidí que ella sería la elección final.

Quizás me habría disfrazado de mujer del Imperio Romano, por que me acuerdo de la serie *Yo, Claudio,* aunque no me veo, ni ahora ni nunca, como Mesalina, capaz de tener un incesto con su hermano y Emperador Calígula, y al final casarse con su tío Claudio, para acabar ganando a una prostituta de Roma en cuál de ellas era capaz de acostarse con más hombres en una sola noche.

Fue a un local para conseguir el material necesario para el disfraz de Cleopatra. Recurrí a unas fotos de cómo se recreaba la Reina de Egipto en la Historia, con mujeres modelos, más fieles a la realidad, aunque quería también aquello que algunas actrices de cine consiguieron con ella, pero huyendo totalmente de Elizabeth Taylor y su recargado maquillaje, para mí totalmente excesivo.

No quería un disfraz grotesco, sino un disfraz elegante, sensual y con personalidad. Como la misma Cleopatra, la cual supo en su tiempo tener carácter en un mundo de hombres, y todavía más no dejarse avasallar por Julio César, también un tío con una fuerte personalidad.

También miré los cómics de Astérix y Obélix, en donde también salía Cleopatra, aunque con un carácter que parecía más la señora Danvers, la perversa ama de llaves de la mansión de Manderley en *Rebeca,* o la malvada Reina de Corazones que quería cortarle la cabeza a la *Alicia en el País de las Maravillas,* que a mí casi me traumatizó cuando era niña, en la película de Disney. También me recordaba a Margaret Thatcher en sus neurosis, y también por la misoginia que el cómic de los invencibles galos siempre había tenido de manera sutil.

Ya llegó el día. Me encerré en mi habitación para esconder aún más la sorpresa, ya que no quería que mi novia me viera ya como Cleopatra. Ségolène también quería darme una sorpresa con el suyo.

Una peluca con el pelo de una Faraona, una cabeza de serpiente, los ojos pintados al estilo faraona, vestido de mujer egipcia estilo faraona... todo lo que hace falta para hacerlo creíble.

—Cari, ¿todavía no has acabado con tu disfraz? —preguntó ella, como una voz de ultratumba que se oye desde lejos.

—¡Ya acabo, mi amor! ¿Y el tuyo ya está acabado, no?

—¡Sí!

El corazón me late de la emoción.

—¡Ya salgo, reina!

Como en una especie de coreografía, abrimos nuestras puertas y salimos. La primera reacción fue la de Ségolène, siempre con su naturalidad, al verme convertida en Reina del antiguo Egipto, la misma Cleopatra resucitada de entre los muertos y sin los romanos Julio César y Marco Aurelio a su lado.

Se llevó una mano a la cara, e inmediatamente vino mi reacción. Iba vestida como una especie de jardinero americano del siglo XIX, pero en seguida adiviné cuál era su disfraz: Tom Sawyer, el inolvidable personaje de las novelas de Mark Twain.

El sombrero, la ropa con tirantes y yendo descalza, realmente mi novia componía un Tom Sawyer con encanto. Me imagino que ella se sentiría más excitada ante toda una Reina de Egipto espectacular.

—¡¡¡Guau!!!! —dijo ella, abriendo sus ojos azules como dos torres—. ¡¡¡La Reina de Egipto más guapa del mundo!!!

—¡¡¡Y tú, el Tom Sawyer más sexy del mundo!!! —no me quedé atrás, con mi admiración—. Por cierto, reina, no sabía que conocías mi admiración por Tom Sawyer...

—Sí, es que cuando era una niña, me enamoré platónicamente de Tom Sawyer... —confesó Ségolène.

—Ah, muy bien... ¿Y ahora? ¿También ahora estás enamorada de él, no?

—Pues ya no, ahora estoy enamorada de Becky Thatcher, la novia de Tom.

—¡Ah, es cierto!

Esta pregunta mía, tengo que confesar que aunque soy lesbiana desde hace más de un año, todavía tengo pensamientos heteros. Igualmente debo pensar que amigas mías lesbianas me confesaron que cuando eran adolescentes, ya empezaban a fijarse más en las compañeras de clase, y los compañeros no les interesaban para nada. O que amaban más a Scarlett O'Hara que a Rhett Butler cuando veían *Lo que el viento se llevó*.

—¿Y tenías alguna otra idea para tu disfraz? —le pregunté.

—Pues pensaba en Wickie el Vikingo, que también me gustaba mucho cuando mi niñez...

—¡Ostras, yo también! —dije yo.

—¿Cuáles eran tus ideas alternativas, cari?

—Pues... además de Cleopatra, una mujer del Imperio Romano, o la Antígona de la antigua Grecia...

—¡És decir, tres mujeres muy guays!

Finalmente, nos preparamos las dos para irnos a la fiesta.

CAPÍTULO VII

Llegamos al lugar en donde es la fiesta. Queríamos pasar una noche de puta madre, pero la vida y el Destino nos quería poner delante a dos personas con las cuales serían las últimas con quienes querríamos vernos…

Allí nos encontramos con Jean-Philippe, mi ex novio, que ahora tiene otra pareja, ya que se encontraba cogido de la mano de una chica. Él iba disfrazado de Senador romano, con toga y sandalias, y ella era su mujer. Me recordaban a uno de los Senadores que eligieron a Claudio.

Ségolène y yo también entramos cogidas de la mano. El contraste entre los dos disfraces, Cleopatra y Tom Sawyer, fue muy evidente, y mucha gente se quedaba mirándonos.

Decidí no hacerle caso a mi ex, y hacer como si nunca le hubiera visto. Ségolène no se acordaba de la cara de él, sólo lo había visto levemente la noche en que nos conocimos, por la pantalla de vídeo de mi teléfono móvil. Mejor que sea así. No tengo el corazón ahora para presentaciones de ex.

Creo que él se dio cuenta de quién era yo, la espectacular Cleopatra. Puso una mueca de sorpresa y empezó a mirarme. No fue durante pocos segundos, nada de eso, sino permanentemente. Y esto se me hizo algo angustioso.

Al final, decidí que si tienes algunos problemas como estos, lo mejor es que si vienes con tu nueva pareja, para que el ex se olvide de ti, es besarte con tu nueva pareja. Claro y conciso.

Ségolène y yo nos sentamos en un sofá, en aquel momento vacío de gente, y la miré a los ojos, con expresión de enamorada, puse las manos a cada lado de su cabeza y acerqué mis labios a los suyos. Ella se sorprendió agradablemente, e hizo que sus labios llegaran a su destino antes que los míos.

Durante unos cinco minutos, nos aislamos de la fiesta, luego ya volveríamos, con nuestro beso intenso y tierno. Por supuesto, cerramos los ojos, como se hace siempre cuando una pareja se besa en los labios.

Esto último provocó una reacción curiosa de mi ex. Oí la conversación que empezaba entre él y su chica. Puedo narrárselo sólo con la percepción del oído. Incluso sugiero el cuarto movimiento de *Las Cuatro Estaciones* de Vivaldi, el dedicado al *Invierno,* metáfora de cómo Jean-Philippe me habrá visto, y verá que me ha perdido para siempre.

Siento la voz de su chica, y la de él:

—¿Qué pasa ahora, Jean-Philippe? —preguntó ella, con un tono de voz de desconfianza—. ¿Ahora te gustan las lesbianas?

—No, Norma, es que una de ellas fue novia mía... —contestó él, sin mucho acierto.

—Ah, vaya... —la voz de Norma parecía de comprensión absoluta hacia nosotras las lesbianas— Y veo que ha encontrado una pareja mejor, después de dejarte...

—¿Cómo que *"una pareja mejor"*...? —él parecía molesto por el comentario sarcástico.

—¡Hombre, es que no resistes la comparación! —lo decía ella, como si nos señalara a las dos con el dedo índice. Asimilé esto como una especie de triunfo personal.

—¿Ahora me hablas de comparaciones...? ¡No me lo puedo creer! —se indigna él.

—¡Las últimas veces que tú y yo hemos hecho el amor, parecía la música y la coreografía del *Guillermo Tell* de *La Naranja Mecánica!*

Estuve a punto d soltar una risita, pero me aguanté por respeto a mi chica. ¡Hacer el amor ella con Jean-Philippe, parecida a la escena de *Guillermo Tell* de *La Naranja Mecánica!* Es decir, a toda velocidad, como en una película del cine mudo. Todo el conjunto tiene un aire grotesco. Pero asimismo me los imagino follando tan rápido y violento, que todo tiembla, como en el terremoto del Japón en 2011, o el de Chile en 1960. Y encima, en versión cómica, derrumbándose todo al final.

Yo, mientras tanto, llevando el beso con Ségolène con la pasión que cada vez es más elevada. Nos detuvimos un poco para respirar, parecía que habíamos hecho una inmersión sin oxígeno a las profundidades marinas, como hizo una vez el Comandante Cousteau.

La voz de Norma sentenció su relación amorosa, con una decisión repentina e inesperada:

—¡Pues preferiría unirme a tu ex y su amiga, y montarnos un trío, y todo eso! ¡Será mucho más divertido, todo lo tuyo parece una parodia del amor!

Me dan ganas de decirle a ella que sí, que aceptamos, sobre todo yo, sería como la segunda parte de la venganza contra él cuando me puso los cuernos con otra. Pero mi chica y yo hemos venido a divertirnos, y en otra clase de diversión.

CAPÍTULO VIII

No sería Jean-Philippe el único conocido que encontraría en la fiesta de disfraces. Ahora le toca a Ségolène encontrase con una conocida. Ya la conocíamos de la anterior entrega…

He citado con frecuencia en esta entrega de mi vida a Angélique, la novia de mi hermano, que se convirtió en una especie de obsesión para mí, y en esta fiesta de disfraces, también hará lo mismo.

Angélique también participa, con el disfraz de un militar nazi. No viene con su novio, viene con unas amigas.

Ella lleva un monóculo en el ojo izquierdo. No sé a qué famoso nazi, miembro del Gobierno del Führer, quiere parodiar con su disfraz, pero cuando la veo, además de mi habitual mueca de sorpresa cada vez que la veo cerca, no puedo evitar acordarme de una escena de la película *Ser o no ser* de Ernst Lubitsch, pero disfrazada de Adolf Hitler, con bigoto y todo, en donde todos sus ayudantes lo saludan con el brazo en alto.

—*Heil Hitler!*

—*Heil Hitler!*

—*Heil Hitler!*

Ella, entonces, levanta la mano como hacía el Führer, y contesta:

—¡Heil yo misma!

Jean-Philippe y su chica ya se han marchado, parece que él iba detrás de ella, por que ya se había cansado de él.

Ahora, la amenaza para mí, la nueva amenaza es Angélique. Ségolène aún no la había visto, pero cuando pus sus ojos sobre ella, puso una mueca de desagrado. Tampoco se sentía cómoda con su presencia.

Angélique, asimismo, también puso una mueca de viene una desgracia, y no sabía si marcharse a otra parte de la fiesta, o marcharse a la calle y no volver más por allí. Decidió quedarse.

Se acercó y nos saludó.

—Hola, parejita —dijo—. No esperaba encontraros aquí, y todavía menos con vuestros disfraces...

—Nosotras tampoco —dijo Ségolène—. ¿Militar nazi, no?

—Sí. ¿Y vosotras...? Ah, ya sé... Cleopatra, Reina de Egipto... y el jardinero de la Reina de Inglaterra.

Ségolène hizo una mueca, por que no lo había acertado. La corrigió:

—Soy Tom Sawyer, ningún jardinero de ninguna Reina.

Empleó un tono irónico para decir la descripción correcta de su disfraz.

—Ay, perdona... —se dio cuenta de su equivocación, haciendo una mueca de contrariedad, como cuando estás en un concurso de la televisión y no aciertas una pregunta aparentemente fácil—. Bien, mucho gusto en encontraros.

—¿Vienes con mi hermano? —ahora pregunté yo.

—No, no ha podido venir, problemas de trabajo. Se ha quedado en Amiens. Yo he venido con unas amigas.

—Ah, ya las he visto.

Seguimos charlando durante un rato, sobre cosas sin importancia. Cinco minutos después, hicimos cada una nuestras cosas, quiero decir las personas que no éramos pareja. Yo y Ségolène, juntas hasta el fin del mundo, como decía algún anuncio de televisión.

De repente, sentí un zumbido, y era mi WhatsApp. Intuí que Angélique se equivocaba otra vez de teléfono para enviar sus mensajes. Y fue así: era para Ségolène. Conseguí no poner ninguna mueca rara que alertara a mi novia.

"Ségolène, cari, me ha encantado verte a ti y a tu novia. Perdóname por los mensajes del otro día. Ya sabes que la pasión no tiene límites. Lo sabes por experiencia, como cuando tú y yo nos liamos.

"Quería decirte que he conocido a otra chica, esta vez sin pareja, y también lesbiana como tú, que también le gustan las bisexuales como yo. Se llama Agatha, y quiero tener algo con ella. Todavía no he tenido el coraje de decírselo a mi novio.

"Por lo tanto, te dejo tranquila. Sé que habrás sufrido mucho estos días, ya que me imagino que adoras a tu chica, ya os he visto hace un rato dándoos unos besos inacabables, me recuerdan a los nuestros de hace tiempo, o los que me he dado con Agatha. Sigue siendo feliz con tu pareja, y cada una seguirá con su vida. Adiós y pásalo bien."

Dos minutos más tarde, borró el mensaje. No lo guardé, no hacía falta. Con esto me quedé tranquila. Bravo por Angélique. Tenía mala opinión de ella, pero actuó con madurez, evitando una pequeña tragedia, qu ero decir una pequeña tragedia amorosa entre Ségolène y yo.

Decidí, como cuando leí el otro mensaje, que no diría nada a mi chica. Haré como en las películas de Woody Allen, en donde es bien normal que un personaje que pone los cuernos a su pareja con otra persona, consiga que la otra parte de la pareja nunca sepa nada.

Eso sí, Woody Allen tiene tres grandes películas con personajes que ponen los cuernos a otro, e incluso llegan al asesinato de terceros, sin que sean encerrados en la cárcel ni siquiera su pareja sepa nada.

Hannah y sus hermanas, con Elliot (Michael Caine), que se enamora de Lee, su cuñada (Barbara Hershey), que es la pareja de un pintor siempre enfadado, Frederick (Max Von Sydow). Elliot y Lee se enamorarán y vivirán una doble vida, ella dejará al pintor, pero Elliot no se atreve a dejar a su mujer, Hannah (Mia Farrow), y Lee, cansada de esperarlo, rompe con él y se casa con un profesor universitario. Hannah nunca sabrá nada. En la película hay cinco cenas del Día de Acción de Gracias, que Allen muestra como metáfora de la evolución de los personajes.

Delitos y faltas y *Match Point* son dos historias parecidas a las de Patricia Highsmith o Claude Chabrol: dos hombres casados que deciden matar a la amante para que no diga nada de su adulterio a su mujer. En la primera, Judah (Martin Landau) es oftalmólogo, y recibirá la ayuda de su hermano, un delincuente de la Mafia judía, que mediante un sicario, matará a la amante (Angelica Huston) a sangre fría. Allen mostrará a Judah charlando con sus parientes del pasado sobre si esto que ha ordenado es correcto o no, que le dicen que será castigado según la Biblia, y los más agnósticos dicen que nada de nada. Pero la escena más escalofriante es cuando Judah entra en el apartamento de su amante, recién asesinada, para hacer desaparecer sus cartas de amor, con la música de Schubert de fondo.

En *Match Point,* Chris (Johathan Rhys-Meyers) tiene como amante a Nola Rice (Scarlett Johansson), novia del hermano de su mujer. Chris trabajará en la empresa de su suegro, en donde todo el mundo lo mira sólo como *el yerno del jefe.* Cuando Nola le amenaza con contárselo todo a su mujer, él la asesina con un disparo de escopeta en su casa, y por si acaso, también asesina a la vecina, para que todo parezca obra de un ladrón o un psicópata.

En estas dos películas, ninguna de las dos esposas han sospechado absolutamente nada. Cuando Judah explica su crimen al personaje de Woody Allen, un documentalista fracasado al que ha dejado la esposa y su nueva pareja por otros hombres, y éste le sugiere que el asesino vaya a la Policía, Judah le dice:

—¡Pero todo esto es ficción, sólo es cine…! ¡Me parece que tú ves demasiadas películas! Estamos hablando de la vida real. No sé… ¡si quieres ver un final feliz, pues ves a ver una película de Hollywood!

Una apreciación cínica, pero desgraciadamente coherente y lúcida.

EPÍLOGO

Ségolène y yo estábamos en mi casa, cambiando de canal en la televisión, casi todo una mierda, como siempre, y en un canal proyectaban la última media hora de *La vida de Adèle,* de la cual ya hablamos frecuentemente, y que se vendió como la película que marcó un antes y un después en el cine lésbico, aunque hay mejores películas sobre nosotras.

No obstante, la película es buena y la pusimos justo cuando ocurría una de las escenas culminantes: Adèle (Adèle Exarchopoulos) llega a casa, después de sus clases en una escuela, bajando de un coche. Se despide del conductor dándole un beso en los labios. Emma (Léa Seydoux) la espera con los brazos cruzados, muy enfadada, dándole la espalda. Adèle le da un beso a su novia. Emma empieza a hablar con ella, y sin contemplaciones, haciéndole preguntas como:

—¿Quién es él?

—¿Quién...? —dice Adèle, con un poco de miedo.

—¡El tío que te ha traído hasta aquí!

Ella, primero dice que quien la ha traído es una amiga, y después reconoce era un amigo.

El drama estalla potente. Adèle hace una confesión: no ha dicho a nadie en su trabajo que es lesbiana, ni que tiene novia, ni siquiera que viven juntas. Como Emma sospecha que entre ella y su amigo hay algo más, confiesa que sí, que hasta se han ido juntos a la cama. Emma estalla de verdad, le da una bofetada y la echa de casa.

Emma siempre ha sido honesta: soy lesbiana, tengo novia, vivimos juntas, y jamás he escondido nada, ni mi orientación sexual, ni tampoco si tengo una chica como pareja. Adèle, todo lo contrario, y encima, le ha puesto los cuernos.

Una escena durísima, y tengo que decir que comprendo totalmente la ira de Emma contra Adèle por esta traición. No una traición de que tu novia te ponga los cuernos con otra persona, como aquello de Jean-Philippe, sino que para que no haya ninguna sospecha de que sea lesbiana, folle con hombres.

Ségolène dijo que ella también estaría cabreada. Hace años, con una de sus primeras parejas lésbicas, Blanche, le pasó lo mismo, una chica con la cual estuvo seis meses, y cuando descubrió que le engañaba con un chico, como si Ségolène fuera una apestada, se enfadó muchísimo y rompió violentamente con ella.

TERCERA PARTE

EL CUMPLEAÑOS DE VALENTINA

PRÓLOGO

Me imagino unas imágenes en blanco y negro como en una película de terror clásica, la cámara se acerca hacia una especie de cripta, de fondo una música inquietante con un toque de theremin, dentro de la cripta hay un ataúd, levanto la tapa y yo hago mi aparición, como si fuera el Conde Drácula, vestida con su ropa y su capa, miro a la cámara, empezo mi monólogo y trato de remarcar entonces determinadas sílabas de cada frase.

—Saludos, amigo mío. A ti te interesa lo desconocido, lo misterioso, lo inexplicable... Sí, por eso estás aquí. Y ahora por primera vez, te explicaremos la verdadera historia de lo que pasó. Te daremos todas las pruebas, en las que nos hemos basado en las miserables almas que sobrevivieron a esta situación aterradora. Los incidentes, los lugares... No podemos continuar manteniendo esto en secreto. ¿Podrá aguantar tu corazón la verdadera historia de Valentina Poussières?

A continuación, me tumbé y la tapa del ataúd se cerró de nuevo.

Todo esto es un homenaje al prólogo de la película *Ed Wood* de Tim Burton, su homenaje al quizás peor director de cine de todos los tiempos, que dirigió películas de miedo baratas y de tienda de los chinos. Un poco bromeando sobre todo lo que les voy a contar en la tercera novela basada en mi vida.

CAPÍTULO PRIMERO

Me acerqué hacia el calendario que estaba en la sala, y vi que pasado mañana es mi cumpleaños. Cumpliré 32 años.

También hará dos años desde que conocí a Ségolène. Ya he explicado en las dos novelas anteriores como fue la cosa, como la conocí y como ha sido una mujer maravillosa, y muchos adjetivos positivos.

Hoy día, puedo decir sin rodeos que mi condición lésbica es segura, no es ninguna etapa, como nos decían nuestros padres si tenían alguna hija que se enamorara de otras chicas. Necesitaba un cambio radical en mi vida, y Ségolène, con su ternura, bondad y dulzura, me ha ayudado mucho.

Me acuerdo de cuando ella y yo tuvimos nuestra *primera vez.* Yo tenía mucho miedo, porque era mi primera vez con una mujer, y Ségolène ya llevaba casi una década con varias chicas. Y mi miedo no era por ella, al contrario. No quería parecer una de esas heterocuriosas, que de repente tenían una curiosidad en besarse con una mujer o tener sexo con ella, como en aquella canción de Katy Perry, que decía *"Besé a una chica y me gustó".*

Pero tuve suerte. La intuición de las personas LGTBI, que ya les dice si esta persona es de verdad gay o lesbiana, funcionaba muy bien con mi novia. Recuerdo que quedamos en su casa para tener un fin de semana en la intimidad, tres días más tarde de cuando nos conocimos.

En primer lugar, nos abrazamos y besamos con una necesidad absoluta. Después cenamos, vimos una película en una plataforma de Internet. Fue *La belle saison* de Catherine Corsini, y precisamente era una historia de amor entre dos mujeres en la Francia de la década de 1970. Una de las protagonistas era Cécile de France, la actriz belga que ya hizo de lesbiana en la trilogía Barcelona-Londres-Nueva York de Cédric Klapisch. Una bonita historia de amor lésbico, que ahora sería más normal, si son dos mujeres como nosotras, pero que entonces, en la Francia profunda, era casi un sacrilegio.

Ya nos pusimos a punto para la pasión amorosa y sexual a la vez, quizá por algunas escenas de la película, como el baño de las dos chicas en un lago de montaña y esperar desnudas a orillas del lago. Daban ambas una sensación de amor puro, apasionado, ir contra las convenciones y demostrar que las lesbianas también podemos amarnos como cualquiera, hoy en día probado y demostrado.

Ségolène me vio un poco nerviosa cuando nos quitamos la ropa poco a poco y estábamos en su cama, con ella cogiéndome de la mano, como la madre que lleva a la hija a la escuela. Nos sentamos al borde de la cama, y yo quise decirle la verdad:

—Ségolène, disculpa si estoy un poco nerviosa… Es mi primera vez con una mujer.

—No te preocupes, reina, ya lo sabía. Y también sé que no eres ninguna heterocuriosa. Eres una mujer que me quiere, como yo te quiero —me dijo, con dulzura, una sonrisa que me volvía feliz y sus manos tocándome las mejillas, para darme un beso. Yo le dejaba la iniciativa totalmente a ella, porque ella tiene más experiencia, por supuesto.

Su beso, como cualquier beso que nos dimos desde aquella maravillosa noche en el bar lésbico, fue muy bonito. He tenido chicos tiernos, con besos maravillosos, hay que reconocerlo, pero los besos de mi chica son de los que no se olvidan, y quieres más, y más.

Y con el añadido de que ambas estábamos desnudas. Ya no estaba nerviosa, estaba dispuesta a vivir una noche de pasión con mi chica. Ella también, y por que me quedara tranquila, me dijo:

—No te preocupes, yo también estoy un poco nerviosa, siempre me ha pasado con todas mis novias, la primera vez es la más difícil, porque no conoces el cuerpo de tu pareja todavía.

—¿Nerviosa, tú?

—Sí. Pero, mi amor, quiero hacerte pasar una noche que no olvidarás nunca. Entonces, los nervios habrán desaparecido.

Su voz sonaba muy dulce. Me gustaba mucho. Me dejaba llevar por ella, sabía que me haría disfrutar sin imponer nada.

En la primera novela de la serie, les hablé de la serie británica *Pure,* basada en la novela autobiográfica de Rose Cartwright y protagonizada por Charly Clive, con una chica escocesa, Marnie, que sufría todo tipo de pensamientos intrusivos pornográficos sin ningún control por su parte. Pues yo sufría algo parecido antes de conocer a Ségolène, pero sólo lésbicos, y en uno de ellos estaba ella.

Pues, la protagonista, cuando habló con una mujer médico de aquel problema suyo, y confesó que la mayoría de ellos eran con ella misma besándose con mujeres, incluso con su madre, la mujer dijo que quizás Marnie era lesbiana. Ella quiso pasar de la teoría a la práctica, y para confirmar esto, entró en un bar lésbico de Londres.

Allí, conoció a una mujer rubia, irlandesa y que parecía una mujer dura, se llamaba Amber, y parecía que ligarían, pero Marnie pensó:

—¡Yo no soy lesbiana, me voy!

Y quería irse. Pero cuando ya llegaba a la puerta de salida, se paró y luego dio media vuelta, se acercó a donde estaba Amber y le dio un beso apasionado ante todas las mujeres del bar. Más tarde, fueron a la casa de alquiler en donde Amber vive con muchos inquilinos, pero cuando empezaron a follar, a la Marnie le vinieron a la cabeza nuevos pensamientos pornográficos, se asustó y se largó. Amber se quedó triste, creía que ella era la culpable.

Al día siguiente, como Amber le había ofrecido a Marnie un puesto de trabajo dentro de la revista de tendencias en donde trabaja, como becaria, la chica fue allí. Cuando llegó, la mujer frunció el ceño, ofendida. Pensó algo parecido a esto:

—¿Pero que hace aquí esta mujer? ¡Primero liga conmigo, luego me besa delante de todas las chicas, después me quiere follar y luego me abandona! ¿Quién coño es esa tipa, otra heterocuriosa?

Pues, yo no soy ninguna heterocuriosa. Sentía mi nueva orientación sexual como de verdad, adoraba a Ségolène, y el tiempo me ha dado la razón.

Aquel acto sexual con mi chica, el primero, fue el *Ciudadano Kane* del sexo, pensé. Ella me ayudó a coger confianza, porque yo también quería hacerla disfrutar. Antes, ella me hizo tener el mejor orgasmo de mi vida hasta entonces. Siempre había oído decir eso de que cuando tienes una relación con una lesbiana, su estilo de que sus parejas tengan orgasmos es bien diferente a los orgasmos dentro de las parejas heteros.

Ségolène me abrió el clítoris suavemente, para meter su lengua y fue todo esto para poner en marcha con una rapidez brutal mi pasión. Tuve espasmos sexuales, jadeé, acaricié la nuca de Ségolène y poco a poco subían de tono mis jadeos.

La intensidad del orgasmo que llegaba fue como la erupción del volcán Krakatoa, pensé entonces, dicho todo esto con sentido positivo. Esto selló definitivamente mi amor por Ségolène, el amor inmenso por parte de cómo podía ella dar placer a otra mujer. Si no me volví a la calle desde el bar lésbico, fue gracias a ella, a su bondad, su talante y su encanto.

CAPÍTULO II

Pasaron dos días y llegó mi cumpleaños, el número 32. Lo celebré con mi novia, mis padres, mi hermano Julien, su novia Angélique y amistades como mi amiga Agnés, compañera de trabajo, que vino con su marido Jean-Mathieu.

Mis padres vinieron desde Saleux, mi pueblo natal, al lado de Amiens, y la pareja Julien-Angélique desde Amiens. Esto es por que lo celebramos en mi casa, en París. Ségolène me ayudó con la organización.

Pero antes, recordaré los dos días anteriores. Pasaron cosas que parecen dignas de la mejor comedia francesa de autor y de enredos. Pues, una especie de Louis De Funès intelectual. Por ello, servirán los flash-backs, como en las películas de Woody Allen.

Entonces, Ségolène me quiso dar una especie de sorpresa para mi cumpleaños, y me compró un pack en Blu-Ray de la serie *Twin Peaks,* que produjo David Lynch y de la que dirigió varios capítulos. Me gustó mucho, ya que conocí esta serie cuando era una adolescente. No la vi cuando nací, porque entonces, en 1990, todavía no tenía más que un par de años. Sí vi la secuela reciente, con los actores supervivientes con muchos años encima o también kilos encima. El pack contiene la versión de 1990 y la nueva.

—Gracias, amor —le dije, con una sonrisa de oreja a oreja.

—De nada, eres el amor de mi vida —respondió.

Yo le había hecho ya un regalo similar a Ségolène cuando su cumpleaños, que los cumple tres meses y medio antes, y que tiene un año menos que yo, cuando le regalé un pack de la serie *The L Word,* que significó en la televisión lo que fue *La vida de Adèle* en el cine: cuando las lesbianas, finalmente, pudimos ser las protagonistas de nuestra vida en una serie, que nuestro amor era válido y todo eso que ya nos fatiga repetirlo una y otra vez. Ella no tenía todavía esta serie, sólo varios capítulos descargados de Internet, en inglés o doblados al francés.

Como *Twin Peaks, The L Word* tiene una nueva versión con las actrices con más años encima. Por cierto, sólo la actriz que encarna a Shane, Katherine Moenning, es lesbiana de verdad. El resto, entre ellas Jennifer Beals, que con esta serie se sacó de encima del encasillamiento en papeles tipo *Flashdance,* eran heteros o bisexuales. Moenning, que como Jodie Foster ocultó su lesbianismo en buena parte hasta que se normalizó (nos gustó mucho ver que Foster se besó con su mujer en la ceremonia de los Globos de Oro), se casó con una novia suya. La mujer de Moenning es una cantante brasileña.

Ségolène me lo agradeció mucho. Materialmente, no fue con dinero, por supuesto. Fue con un beso. Como las otras ocasiones en donde había regalos.

Y añadió ella misma una propina por el regalo de *Twin Peaks:* cogió el móvil y puso el tema musical *Audrey's Dance.* En la serie del año 1990, el tema musical se sentía por primera vez cuando Audrey Horne entraba en la cantina del pueblo. Metía monedas en la máquina tocadiscos y sonaba esa música mientras charlaba con una amiga. De repente, Audrey se levantaba y empezaba aquel baile peculiar, abriendo mucho los brazos. De vez en cuando, la miraba Audrey como haciéndole una especie de insinuación.

Pues, Ségolène hizo lo mismo que Audrey, bailar de esa manera durante sus cinco minutos de duración. Yo me quedé mirándola durante la primera mitad, pero desde el minuto dos, ya me añadí bailando igual que ella. Y ya en el minuto cuatro, nos abrazamos y besamos apasionadamente. La sensualidad de la música era irresistible, y aún más con Ségolène como la *prima donna* del baile.

Esa misma noche, cuando Ségolène y yo dábamos un paseo por las calles de París, vi algo del todo inesperado. Pasábamos junto a un bar, y al mirar de reojo el local, descubrí que estaba dentro alguien que yo conocía.

El bar era uno de ambiente homosexual. Me fijé que uno de los chicos, que estaba dándose un beso con otro chico... era mi hermano Julien. Me fijé incluso tres veces, para ver que no me equivocaba.

—Ségolène, por favor, fíjate... —dije a mi novia, con un suave codazo.

—¿En qué...?

—Fíjate en aquel chico —le señalé discretamente al chico aquel.

Ella abrió enormemente los ojos. No lo creía, era mi hermano. Cuando nosotros sabíamos que su novia Angélique es bisexual y ha tenido varias chicas en su cama, ahora resulta que él también ha disfrutado del amor con chicos, fuera de etiquetas y de tópicos.

Con cuidado, vimos que el chico que estaba con Julien era un magrebí, guapísimo, y sus besos eran románticos y apasionados. Era mi hermano quien llevaba la iniciativa, el otro se dejaba llevar.

—Es decir, que si Angélique le puso los cuernos conmigo, él también... —comentó Ségolène.

—Y con más mujeres, Ségolène...

—¿Qué...?

—Que tú no fuiste la única... —la cogí de la mano y nos fuimos de allí.

No añadí nada más. No tenía el coraje de decirle cómo sabía lo de que Angélique había tenido más mujeres enamoradas de ella.

CAPÍTULO III

Pasamos nuevamente al presente, ya hablaremos más de la nueva orientación sexual de mi hermano, o cómo en las anteriores novelas de la serie fui capaz de ocultar los asuntos amorosos de Angélique con Ségolène o con su actual amante, su amiga Agatha, para no tener que decir nunca a mi hermano:

"Querido hermano, tu novia te engaña".

No, no quiero hacer esto de ninguna manera. Sus cosas se las tienen que arreglar ellos mismos.

Aún no han llegado los invitados a mi cumpleaños. Hoy no trabajo, está bien que mi cumpleaños sea el fin de semana. Por supuesto, no quiero decir nada de la vida privada repentinamente descubierta de mi hermano, que parece sacada de las películas de directores como Pedro Almodóvar y Ferzan Oztepek.

Pero Ségolène también se encontrará con antiguas amistades, o ex novias. Por ejemplo, con Mireille, su primera novia cuando ya se pasó definitivamente a las chicas, y con la que tiene una buena amistad. Ya hablé de ella en la segunda novela, ya que mi novia me explicó cómo se enamoraron en la Universidad, y que las primeras miradas entre ambas fueron bien tímidas. Les hacía falta cualquier excusa para charlar, y tomaron coraje con unas cervezas. Después, cuando el primer beso, la pasión entre ellas fue preciosa.

Ya que he hablado de mi primera vez con mi chica, ella también me habló un tiempo más adelante de cómo fue la primera vez entre Ségolène y Mireille. Lo explicaré en tercera persona, como hice en la segunda novela.

Su timidez continuaba todavía viva, quiero decir que parecía que la perdieron cuando se dieron los primeros besos, pero cuando pasaron dos días y querían follar por primera vez, que tuvieron que pedir prestada una habitación a una amiga, ya que los padres de ambas aún no sabían nada de que eran lesbianas, al quedarse solas en el interior de la habitación, no estaban del todo seguras.

Para ellas, era la primera vez que tendrían sexo con otra mujer. Como ellas eran inteligentes, decidieron dejarse llevar por los instintos, por lo que sentían, en vez de buscar trucos del sexo lésbico en Internet. Aunque, cuando ya estaban desnudas en la cama, una al lado de la otra, todavía eran demasiado tímidas para empezar.

—¿De verdad que también es la primera vez que tienes sexo con otra mujer, no? —dijo Mireille, algo espantada—. Me parecía que tenías experiencia… El otro día, tus besos, que me gustaron mucho, parecían de una chica experta, que se lo ha hecho con… no sé, con todas las chicas de la clase.

—¡Anda, no digas tonterías! Ninguna chica lesbiana, ni siquiera las más promiscuas, hacen eso que has dicho —respondió Ségolène—. Esto es un tópico de película porno hetero.

—Es verdad, perdóname.

—No pasa nada —la tranquilizó Ségolène, cogiendo su cabeza con las manos y dándole un beso en los labios—. Ahora vamos a lo nuestro, chica. Me gustas mucho, y tu cuerpo también me gusta. Quiero hacerte feliz.

—Yo también, bonita. Haremos lo que nos salga, y tú también me gustas mucho. Anda, dejemos de hablar, que esto parece una película de Woody Allen en versión lésbica.

Improvisaron un poco lo que hicieron. Incluso Ségolène tuvo la idea de darle un masaje a Mireille. Una manera de descubrir su cuerpo, y al mismo tiempo, relajar un poco a su amiga, demasiado nerviosa.

Esto funcionó muy bien, Mireille se quedó relajada, y con los dedos de Ségolène recorriendo arriba-abajo y abajo-arriba su espalda, puesta de rodillas encima de su amiga, sentía que sutilmente y de manera muy suave se excitaba. Respiró suavemente, y con algún jadeo, que a Ségolène le gustaba mucho. Disfrutaba viendo el cuerpo y la espalda preciosos de su amor.

—Parece que te gusta, amor. Si quieres, me haces un masaje a mí también.

—Lo que quieras, cariño. Quiero que estés siempre conmigo, quiero amarte, quiero darte una tonelada de besos, tía … —dijo Mireille, con una voz susurrante, y algo también de sueño.

—Ay, reina… —Ségolène se acercó y la besó en la boca. Mireille se dio la vuelta y la abrazó, consolidando así la sensación abrumadora, en el buen sentido, del beso.

Pasaron más cosas, por supuesto, y salvaron la primera vez que ellas hacían el amor. Su inexperiencia en el sexo lésbico la habían superado con su imaginación. Me enterneció esta bonita historia. Una muestra de amor de verdad y nada de egoísmo.

Con el paso del tiempo, ellas aprendieron más cosas, amorosas y sexuales, que añadieron a lo que aprendían de la vida, ya que aún eran demasiado jóvenes, hasta que su amor, desgraciadamente, se marchitó como una planta sin regar y se murió. Mireille y Ségolène conservan la amistad, y de vez en cuando se ven. No la conozco todavía. Me ha dicho mi chica que Mireille vendrá cuando mi cumpleaños, con su actual novia. Tengo ganas de conocerla, me parece, por las descripciones, una buena persona.

CAPÍTULO IV

Gracias a Ségolène, casi soy una experta en películas o series que tengan que ver con nuestra orientación sexual. La última que ha añadido a la lista es una serie sobre la poetisa americana Emily Dickinson, de la que se había dicho, casi a escondidas, que era lesbiana, pero nunca se había dicho abiertamente hasta ahora.

La serie de su vida habla sin tapujos de este amor que tuvo con su cuñada, antes y después de casarse con su hermano. Sus besos eran los de la pasión de verdad.

–Cuando leí como fue la vida de Dickinson, pensé que hoy en día, tal vez se habría ido del pueblo y ahora estaría con su novia en la gran ciudad –reflexionó Ségolène. Yo dije que sí con la cabeza.

La pasión entre ambas tenía una escena íntima en donde ellas se metían dentro de la bañera de ella, con pétalos de rosa en el agua. Me recordó durante una décima de segundo a *American Beauty,* pero me la quité de la cabeza a continuación, por respeto a Dickinson.

Después de terminada la serie, y ya nos íbamos a la cama, había llegado un momento en que Ségolène y yo queríamos hacer el amor y ya nos habíamos desnudado, pero ella me cogió de la mano y dijo:

–Tengo una sorpresa para ti.

Me lo dijo con una de sus sonrisas que me vuelven loca. No dije nada, sólo devolverle la sonrisa.

–Ven, preciosa –me dijo con una voz cariñosa, que me gustaba mucho.

Con estas dos palabras, tiró de mí sin dejar de cogerme la mano, y me dejé llevar. Desnudas, íbamos por el pasillo hacia el cuarto de baño. Yo creía que ella quería que nos diéramos una ducha juntas.

Entramos, y vi que la bañera estaba llena, y como en la serie de Dickinson: con pétalos de rosa en el agua. Había muchos, casi no dejaban ver el agua, aún caliente.

—Amor, ¿te recuerda esto algo? —dijo dulcemente mi chica.

—Sí, que ahora somos Dickinson y su chica —respondí, con una sonrisa y mucho entusiasmo.

No pude resistir la tentación de besarla en el cuello y abrazarla por detrás. Me dio un beso en la boca y me ayudó a meternos en el agua de la bañera. Estaba a una buena temperatura, me gustaba mucho.

Como en la serie, nos metimos ambas la una junto a la otra. Ségolène me pasó la mano por encima del hombro, y dejé que mi cabeza estuviera encima de su pecho. Su buen olor, mezclado con el agua y el olor de las rosas, hacía todo agradable.

—Siempre sabes hacer que nuestro amor sea un paraíso, reina —le dije.

—Tú también, amor —me dijo, y nos besamos.

—¿De verdad?, ojalá Dickinson hubiera podido irse de aquel pueblo de mierda y vivir su amor con su cuñada bien lejos. Yo no podría aguantar algo así. He tenido la suerte de tener unos padres tolerantes.

—Yo pienso lo mismo, cariño. A menudo, parece que la que mejor entiende el lesbianismo eres tú y no yo, que tengo más experiencia.

—No, no es eso. Hemos coincidido y somos dos almas gemelas —dije.

—Parece religioso todo. Yo, que soy atea… —Ségolène casi empieza a reírse.

—Yo soy agnóstica. Antes creía en Dios, pero con que no nos dejan entrar a las mujeres dentro de la Iglesia en lugares donde no estemos más que en tercer plano, no creo en Dios ahora.

—Y encima, Valentina, a nosotras las lesbianas nos ponen como asesinas, frías, sin sentimientos. Hombre, no digo que haya mujeres lesbianas malas, la maldad no entiende de orientaciones sexuales, pero yo no soy mala, yo he amado con pasión a mis novias, soy cariñosa... Por eso, no me gustó nada *Instinto básico.* Le hice una cruz cuando la vi.

—Comprendo. También atacaba al resto de mujeres, el guionista era un misógino.

—Pero dejemos esto. Nosotras nos amamos, y eso es lo importante —dijo Ségolène, dándome un beso en la mejilla.

A continuación, sentí que la mano de mi novia, en el agua, iba hacia mi sexo, y con suavidad metía un dedo en la vagina. Acabé soltando un jadeo, poniendo los ojos a medio cerrar.

Yo respondí con lo mismo, y con la misma suavidad metí un dedo dentro de su vagina. Ségolène también jadeó. Ambas nos pusimos a la faena, mientras cerrábamos los ojos y nos besábamos, entre jadeos y jadeos cada vez más apasionados. El olor de rosas del agua caliente nos estimulaba muchísimo.

Después de los orgasmos, nos quedamos un rato tranquilas, sacando las manos del agua y las entrelazamos.

Mi chica dejó su cabeza sobre mi hombro. Dejamos pasar el tiempo.

CAPÍTULO V

En la mañana de mi cumpleaños, antes de la fiesta, que sería por la noche, me encontré con mi hermano Julien, que iba solo, sin Angélique, que vendría más tarde.

—¡Valentina, feliz cumpleaños!

—Gracias, Julien. ¿Y tu chica?

—Hoy vendrá más tarde. Tenía que ver a una amiga, que también hace años que no la veía.

Esta conversación, normalmente, debe ser tranquila e intrascendente. Yo, que conocía el *lado oscuro* de Angélique, pensaba que ver a una amiga durante su cumpleaños, de verdad quiere decir *"ver a una amiga y felicitarla en la cama cualquier día del año"*. Como en las otras ocasiones, no dije nada. Pude disimular una mueca de que ahora ella estaba con Agatha, su nueva amante.

—¿Cómo va todo? —preguntó él.

—Bien, bien. Dos años con mi chica —dije sonriendo, para hacer que todo iba bien, y que no sabía nada de la doble vida de su novia, por supuesto.

—Me alegro. Desde que dejaste a Jean-Philippe, mejoraste en todo.

De repente, me acuerdo de mi ex novio. Desde que lo dejé y me enamoré a continuación de Ségolène, había querido evitar cualquier contacto con él. En la segunda novela, como ella y yo íbamos disfrazadas de Tom Sawyer (ella) y la Reina Cleopatra de Egipto (yo), no le escuchamos y nos entretuvimos dándonos un largo beso allí mismo.

Fui a su casa para devolverle las llaves, y él me devolvió las mías. Estas llaves ahora son de Ségolène cuando viene por mi casa, y yo tengo las suyas. Cambio de amores, cambio de llaves.

Podrán imaginar que él no aceptó ni mucho menos que aquello se había acabado, aunque trataba de parecer que lo aceptaba.

—Valentina, yo... lo siento... Conocí a Macarena en una reunión de amigos españoles, y eso nuestro salió de repente... parecía un *feuilleton* de la televisión —decía Jean-Philippe, con una voz que era una mezcla de arrepentimiento y súplica para que no le dejara definitivamente.

—Lo sé... pero me traicionaste... y ya no hay marcha atrás. Yo siempre te he sido fiel. Yo amo a mis parejas con pasión. Y he conocido a una mujer maravillosa, no la quiero dejar —yo respondía con calma, tal vez porque Ségolène me ayudó a encontrar la calma que necesitaba, después de la ruptura con él.

—Pero tú no habías tenido nada antes con ninguna mujer.

—No importa. Siempre hay una primera vez. Recuerda, Jean-Philippe, que tú y yo tenemos amigos homosexuales y amigas lesbianas, que cuando decidieron que sólo podían amar a las personas de su género, también fue una primera vez para ellos. No me hables como si hubieras descubierto América.

—¡No! —gritó—. ¡Me resisto a esta locura!

—¿Qué locura? —no comprendía yo nada de nada.

—¡Esta locura! ¡Esto de que ahora, de repente, te crees la Emmanuelle de aquellas películas con Sylvia Kristel, te enamoras de mujeres y folláis en lugares exóticos! —temblaba un poco su voz.

—¡Anda, tú, ahora me comparas a mí con Emmanuelle! Demasiado cine erótico has visto, tío… Ségolène no es ningún ligue lésbico con la que tengo sexo en una playa de Tailandia. Es una mujer inteligente, no quiero de ninguna manera que digas insultos contra ella.

—No digo ningún insulto contra Ségolène, Valentina. Me imagino que será una mujer íntegra. Pero no digas que ahora serás lesbiana para siempre. Seguro que sólo es una etapa, esto lo han sufrido muchas chicas adolescentes, como le ocurrió a una sobrina mía. Se enamoró de una chica de su Instituto, se enrollaron y cuando la chica se fue a otra ciudad, cortaron, y mi sobrina volvió con los chicos…

—Eso no tiene nada que ver con nosotras. Yo siento mi amor por mi novia con mucha fuerza.

—¿Tres días que la conoces, y ahora ya la llamas *tu novia*?

Al igual que cuando la llamada telefónica, Jean-Philippe, en vez de recuperarme, me perdía cada vez más.

—¡No importa cuánto tiempo llevamos juntas, pedazo de alcornoque! —le grité, harta de sus desprecios nada disimulados—. ¡Nos queremos y pienso continuar con ella!

Le entregué las llaves, ya quería irme a la calle y abandonar aquella casa, en donde pasé momentos maravillosos, sí, pero que ahora se convirtió en una casa del terror.

—Toma las llaves, y adiós. Que tengas suerte, seguro que encontrarás nuevas muchachas maravillosas —dije, queriendo despedirme con dignidad.

—Gracias, tú también —él quería hacer lo mismo, que todo acabara sin odios ni rencores. Me dio mis llaves.

Nos despedimos con dos besos en la mejilla y un abrazo de unos veinte segundos. Él, como ocurre a menudo, casi me besa en los labios, pero se detuvo a tiempo.

Me fui hacia la calle, con una sensación bicéfala: que una etapa de mi vida se había terminado, y que otra había comenzado justo ahora.

CAPÍTULO VI

Yo charlé unos minutos con Julien, y antes de despedirnos hasta la noche, en mi casa, en donde sería la fiesta de mi cumpleaños, llegó un chico, que se saludó con él. Era el mismo magrebí con el que a ellos los vi dándose besos apasionados.

Se saludaron haciéndose dos besos en la mejilla. Vi que el magrebí casi le hace el beso en los labios, pero dio un giro al estilo Leo Messi y se dirigió a su mejilla. Julien no puso ninguna expresión facial, pero vi que hacía una especie de esfuerzo para no besarse como esa noche.

—Hola, Mahmoud —dijo Julien.

—Hola, Julien —Mahmoud tenía, además de un físico muy atractivo, una voz muy bonita. Si no fuera yo lesbiana, me habría enamorado de él como en las novelas románticas.

Yo sabía que ellos eran amantes, pero como en las películas de Woody Allen, cuando un personaje engaña a su pareja, pues la pareja que tiene cuernos nunca sabe nada de esto. Hice una expresión de que me parecía una buena persona Mahmoud.

Me fui a casa después, ya con la certeza de que mi hermano era bisexual, y su novia también. Ambos tenían amantes, Mahmoud y Agatha. No podía decir nada a ninguno de ellos, era su vida privada. Yo rompí con Jean-Philippe cuando me engañó con aquella chica, sobre todo porque los pillé justo cuando hacían sexo, y ella le chupaba la polla a él.

Es decir, por que supe lo que pasaba. Si no sabes nada, entonces no se rompe la relación.

Llegué a mi casa, y Ségolène puso una de las canciones que lleva en el teléfono móvil de reivindicación LGTBI, y esta era una del cantante Calogero, *J'ai le droit aussi* (Yo también tengo derecho), que a pesar de que es hetero, siempre nos ha apoyado a la gente LGTBI. En su canción, él mismo se imagina como un chico enamorado de otro, que tiene novia y no le hace ningún caso, por supuesto, pero que de vez en cuando se imagina que algún día se enamorará también de él. También piensa qué cosas dirán sus padres y la gente de todo esto.

"¿Qué dirá mi padre / Estoy harto de tanto fingir / Qué dirá mi madre / Aunque me amará tanto / No soy mejor que otro / Tampoco soy peor / Tengo derecho a vivir feliz / Yo también tengo derecho / El derecho a amarlo / Tengo derecho a estar enamorado / Qué dirá la gente / compadecera a mis pobres padres / ¿Qué dirá esta gente / Que me encuentra demasiado diferente?..."

No es la letra entera, pero es una gran letra, escrita por la *parolière* Marie Bastide.

—Muchos heteros nos apoyan, Valentina, a la gente LGTBI, pero no tienen el coraje de este chico —dice Ségolène.

—No, es cierto. En su videoclip, él se enamora incluso del novio de su hermana. Sé que es eso, cuando una amiga mía tenía un novio que me gustaba mucho, pero no podía hacer nada, por que era mi amiga.

—Sí, y recuerda la expresión de impotencia que tenía Emily Dickinson en la serie, cuando veía que su amada recibía caricias de su marido, y encima, hermano de Emily.

—Bof, esto era aún peor.

—¿Tienes nervios de tener ya 32 años, reina?

—No. Puede que ya no me hace la misma ilusión de cuando era una niña. Ahora, ya no quiero cumplir más años, más bien tener menos, no verme ahora como mi abuela cuando pasó de los setenta.

—A mí me pasa lo mismo.

—¿Cuáles vendrán, entonces? Mis padres, Julien y Angélique, Agnés y su marido … También Ibrahim, un ex novio mío, y su novia.

—También vendrá Mireille … —apuntó la Ségolène.

—¿Mireille? —no me acordaba de aquella chica.

—Mi primera novia lésbica —me recordó. Se me había olvidado ella, os hablé de ella dos veces.

—Ah, muy bien. Tus amigas, o ex novias, son bienvenidas —hice una sonrisa de complicidad hacia mi chica.

—Sí, gracias. Te caerá bien. La amé mucho, pero conservamos la amistad. Difícil en la mayoría de parejas.

He mencionado a un ex novio mío. A Ibrahim lo conocí en una discoteca, ya hablé de él en el primer libro. Con él sí conservé la amistad al terminar nuestra relación amorosa, no con Jean-Philippe, al que ignoré por completo en el baile de disfraces de la segunda novela.

Él ha tenido más de una novia nueva, la de ahora parece que puede ser la definitiva, pero en el amor, no se sabe. Ségolène y yo formamos una pareja sólida y que se ama muchísimo desde hace dos años.

Si me hacen preguntas sobre si Ségolène y yo hemos tenido discusiones como cualquier pareja, diré que sí, pero tenemos la suerte, la inmensa suerte, de que han sido leves, pequeñas. Nuestro amor nos ayuda a superar las tensiones. Además, nos ayuda mucho a vivir cada una en su casa, ya que en cualquier pareja, cada miembro de la misma necesita un espacio propio.

Llamaron a la puerta, y Ségolène fue a abrir la puerta.

—Espera, amor, ya voy yo misma.

—Gracias, reina.

Era un mensajero con casco de motorista, que llevaba un paquete urgente dirigido a mi novia, pero con mi dirección. Firmó y lo recogió.

—Amor, otro regalo para ti… —me dijo Ségolène, bien satisfecha.

—¿Qué cosa es? —hice una sonrisa. Aquella caja parecía que llevaba libros.

—Ya lo verás en la fiesta. Sólo te diré que tiene que ver con el *manga* japonés, sobre todo con uno de ellos del que me hablaste la semana pasada.

Me acordé de que hablé de un *manga* (cómic o novel.la gráfica japonesa), concretamente *Ranma ½,* en donde un chico, experto en artes marciales, cae con su padre dentro de unos grandes jarrones de agua con resultados mágicos. El aspecto de ambos cambia radicalmente: el padre se convierte en un oso panda, y el hijo en una chica pelirroja con cuerpo de mujer, cuando les caía encima agua fría. Con el agua caliente, volvían a ser hombres.

Cuando Ranma se convertía en una chica, la autora del *manga,* Rumiko Takahashi, jugaba con la ambigüedad sexual, e incluso con el lesbianismo, cuando Ranma mujer estaba al lado de Akane, con la que además, si es hombre, se podría casar.

Este manga tuvo también una versión en serie televisiva de animación. Me fascinó, porque era del todo diferente a lo que había visto. El *manga* japonés es complejo y variado, y tiene incluso un género de manga lésbico, con historias de amor entre chicas sin los complejos de Occidente. Una contradicción, ya que en Japón todavía no se permite el matrimonio entre personas del mismo sexo. En Francia sí podríamos casarnos Ségolène y yo, aunque ninguna de nosotras somos partidarias del Matrimonio.

Cuando la fiesta, de la que hablaré después, al abrir la caja, vi unos cuantos cómics de *Ranma ½* y otros, como he dicho, de temática lésbica. Tiene un nombre en japonés, *Yuri,* que significa lirio, y puede ser explícito y no. Cuando no es explícito, se llama *Shoji-ai* (amor entre chicas), un término inventado fuera de Japón, y es romántico. A menudo encuentro extraño el concepto del amor de la cultura japonesa, bien diferente de la occidental, y una cierta misoginia nada disimulada, pero también a menudo encuentro historias con las emociones a raudales, sin rodeos, y mujeres empoderadas que luchan, y esto, como mujer, me gusta mucho.

Ségolène es quien me descubrió estos cómics, y otros que he encontrado yo misma. El *Yuri* tiene temáticas muy diferentes, que con los años ha evolucionado a géneros de todo tipo, como el fantástico, medieval, policial, romántico, etc. Tiene subgéneros no muy fáciles de comprender para un occidental: *senpai-Koha* (entre una mujer ama, por ejemplo una princesa, y su esclava), *onee-oli* (entre mujeres de diferentes edades, incluso entre una chica joven y una mujer adulta que podría ser su abuela) o *Yuri Kemonomimi* (entre una mujer humana y otra con orejas o colas animales).

Mencionaré dos *manga Yuri: After School,* con dos encantadoras chicas en un instituto, que se enamoran a través de los besos que ensayaban entre ellas mismas para cuando se besaran con chicos, y la pasión entre ellas será imparable. Además, lo de los chicos fue un pretexto de cada una para besarse.

El otro es *Citrus,* en donde una chica que entra en un nuevo instituto, tendrá discusiones con una profesora, que será la hija del nuevo marido de su madre... Finalmente, se enamorarán, con la misma pasión de fuego de las chicas de *After School,* pero con un estilo más agrio, como dice el título, más próximo a los dibujos animados con una cierta violencia.

CAPÍTULO VII

Empezaron a venir los invitados a mi fiesta de cumpleaños. Los primeros fueron la pareja Julien-Angélique. Parecía que nadie sospechaba nada de sus infidelidades mutuas. Llegaban de la mano, como cuando se conocieron.

—Hola, parejita —dije yo, desde luego sin querer decir nada de lo que yo ya sabía.

—Hola, Valentina. Feliz cumpleaños —dijo Julien.

—Tenemos este regalo para ti —me dio Angélique un bonito paquete.

Se lo agradecí con dos besos en las mejillas. Parecía un rectángulo.

Antes, hablé de los *manga* lésbicos, *Yuri* denominados. Pues, ahora me acuerdo de los *manga* gays, o *Yaoi*, y todo acordándome de Julien y Mahmoud, hay muchos donde ellos serían dos chicos muy guapos amándose con pasión y ternura, e incluso teniendo sexo explícito apasionado.

Pero estos son más bien alejados de la delicadeza femenina de los *manga* lésbicos. Y lo más curioso, es que una parte de los *manga Yaoi* son escritos por mujeres heteros, que idealizan a los gays, pero no importa, algunos de estos chicos son adorables cuando son sensibles, guapos y atléticos, y tienen sexo sin tapujos. Las mujeres heteros también disfrutan con los gays.

A mi hermano y su amigo, yo los veo mucho más en un *manga* en donde son dos chicos sensibles que se dejan llevar por el amor, no convertidos en máquinas de matar o que reciben palizas de cabos mafiosos de la *Yakuza.* En estos hay también gays con chicos dulces, por supuesto, pero medio enterrados bajo la multitud de guerras, tipos duros y sordidez.

Eso sí, no sabía que hay versiones en dibujos animados de *mangas* japoneses como *Evangelion*, en donde hay dos chicos atractivos que se aman y se dan besos apasionados. Pues, en la versión de dibujos animados que hay en Netflix, me han dicho que ese amor entre ellos no existe, y mucho menos sus besos. Me da pena este puritanismo lleno de complejos. Yo siempre he sido una mujer liberal y abierta, y aún más desde que soy lesbiana.

Pero a las personas LGTBI nos queda el consuelo de que la cultura japonesa ve los géneros hombre y mujer sin la obsesión por la reproducción de Occidente, un poco como se veía en la Grecia antigua. Lo curioso es que permiten que gays y lesbianas se amen, pero no dejan enseñar los órganos genitales, sólo dentro del cine porno.

Por ello, en Occidente sorprendió la película *Feliz Navidad, Mr. Lawrence* de Nagisha Oshima, con una relación homosexual entre un rudo militar japonés y un prisionero de guerra británico. Dos músicos de cada país, Ryuchi Sakamoto y David Bowie, interpretaban a dos enemigos aparentemente irreconciliables y dos imperios poderosos, uno de ellos dirigido hacia su final. El otro, aún duraría veinte años más hasta la descolonización de las colonias de África y Asia.

Abrí el regalo de mi hermano y su novia. Un libro del Imperio Napoleónico, con detalles poco conocidos y bien documentado. Julien sabía que a mí me interesa este tema y este periodo histórico de Francia, ahora que llega el bicentenario de la muerte del Emperador, para unos un héroe, para otros un tirano. Sea lo que sea, influyó mucho en todas partes y a gente de su tiempo, por ejemplo Simon Bolívar.

—Muchas gracias, es uno de mis temas favoritos —dije sonriendo.

—Y de los míos -apuntó Julien. También Angélique dijo lo mismo.

Justo en ese momento, sonó el teléfono móvil de Angélique. Como ella estaba cerca de mí, pude ver que quien la llamaba era alguien llamado Agatha Christie. Yo ya sabía que aquella Agatha era su nueva amante. Veo que la llama como a la gran escritora de novelas policíacas, que yo leía a menudo cuando era más joven. Una especie de nombre en clave, para que Julien no tuviera ninguna sospecha.

Ella respondió a la llamada.

—¿Si...? Ah, hola, Agatha... Es algo del trabajo que no puedes resolver por ti misma, ¿verdad?

Noté que buscaba cualquier excusa, como si fuese una llamada de trabajo, cuando era una llamada entre amantes. Julien, por su expresión, no sospechaba nada.

Angélique se levantó de la silla, con el teléfono en la oreja.

—¿Perdón...? No te siento nada, Agatha... Perdonad, ahora volveré. Es un asunto del trabajo muy importante...

Y se fue a otra habitación. Yo ya sospechaba que no era nada del trabajo.

Pero, como si esto fuera una obra teatral del vodevil francés, nunca mejor dicho de una manera literal, también sonó el teléfono móvil de Julien, aunque aquello era un mensaje en WhatsApp.

Como Julien estaba a mi lado, mirando con cuidado y durante una fracción de segundo, escribía el mensaje alguien que se llama Mahmoud. El chico que se daba besos con él...

"Julien, mi amor, te echo de menos. Gracias por las noches de amor que me das de vez en cuando. Eres un chico único y cariñoso. Mahmoud."

A continuación, se apagó la luz del móvil. Me emociona aquella ternura, Mahmoud es un chico muy dulce y me cayó muy bien, pero las noches de amor de ambos serían mejores si cada uno tuviera en cuenta que Julien tiene novia.

Julien cogió el móvil para leer el mensaje. Sonrió, como cuando empezó a salir con Angélique y recibía mensajes románticos de ella.

Me recordaba todo ello a una película con personajes gays del cineasta turco Ferzan Oztepek, homosexual y residente en Italia, casado con su último novio.

A continuación, volvió a su novia, suspirando y mirándola fijamente, también con una sonrisa en los labios. Veía yo el escenario de un vodevil moderno. Hace un siglo, eran puertas que se abrían y cerraban. Ahora son mensajes y llamadas por el teléfono móvil.

Si Angélique llama Agatha Christie a su amante, me pregunto como llamará Julien a Mahmoud. Mahmoud Ahmadinejad, tal vez, le llamará como nombre en clave, tipo Garganta Profunda en el caso Watergate...

Ahmadineyad, si todavía alguien se acuerda, fue Presidente de Irán, ese tipo que desafió a Occidente e incluso organizó un congreso en donde pretendía demostrar que el Holocausto judío nunca existió.

CAPÍTULO VIII

También llegó Mireille, la primera novia de Ségolène cuando se pasó definitivamente a las chicas. Iba acompañada de su actual novia, que se llama Valérie, pelirroja y cabello corto.

—Hola, Mireille, ¿cómo va todo? —le preguntó Ségolène, que la saludó con besos en la mejilla.

—Muy bien. Mi pareja de ahora me ayudó mucho cuando sufrí la pérdida de Jeanne por los atentados yihadistas de París.

Recordé los terribles atentados yihadistas de noviembre de 2015, donde murieron asesinadas más de 100 personas. Jeanne, entonces la novia de Mireille, murió masacrada sin piedad por los terroristas que asolaron la sala Bataclan.

Mireille estaba en su casa, Jeanne había ido con unas amigas. Fue un golpe terrible para ella, y para mucha gente parisina. Todavía se ve la tristeza dentro de sus ojos, algo imposible de borrar.

Mis padres vinieron también. Saludaron a Ségolène, para ellos ya una de la familia, como ya demostraron cuando se la presenté en la primera novela. Ya son dos años de pareja conmigo, y los chicos que tuve, son sólo recuerdos lejanos.

Antes de que me dieran mi regalo de cumpleaños, mi chica me dio el suyo, del que ya os hablé antes: cómics japoneses, mangas, de *Ranma ½* y los *mangas Yuri*, los cómics lésbicos.

—Para mi amor, unos libros que rompen moldes —dijo Ségolène, con una inmensa sonrisa en la boca.

Yo también sonreí mucho, me parecía un regalo creativo, ya conocía *Ranma ½,* pero no mucho los *Yuri*. Nos abrazamos y dimos un beso intenso y sincero, sólo tres segundos, había gente, pero ellos agradecieron nuestra sinceridad y nuestro gran amor.

—Ay, lo vuestro sí es amor —dijo mi madre.

El regalo de mis padres fue un libro de mi pueblo natal, Saleux, con detalles y anécdotas poco conocidas. También se lo agradecí, pero no con besos, por supuesto, sino con un abrazo.

Casi sincronizados como un número de baile en el agua de Esther Williams, hicieron ruiditos los teléfonos móviles de Angélique y Julien. Mensajes de WhatsApp.

Ella sonrió al leer el suyo, pero se dio cuenta de que su chico estaba al lado y podía verlo. Tuvo suerte, ya que él sólo leía el suyo. También sonreía.

No sé si eran mensajes de Agatha y Mahmoud, pero el peligro que hay en cualquier vodevil, es que cualquiera de los dos podrían descubrir la verdad, o esconderla y llevársela a la tumba.

El resto de invitados me hacían regalos y me hacían pasar un rato agradable. Buena gente y amigos de verdad.

Terminamos cantando a capela una canción de Georges Brassens, siempre adecuado para una velada que quiere romper moldes.

Esta fue una que canté con Ségolène en el primer libro, *Le temps ne fait rien à l'affaire,* también incluida en los títulos de crédito de la película *La cena de los idiotas.*

"Quand ils sont tout neufs
Qu'ils sortent de l'œuf

Du cocon
Tous les jeunes blancs-becs
Prennent les vieux mecs
Pour des cons
Quand ils sont d'venus
Des têtes chenues
Des grisons
Tous les vieux fourneaux
Prennent les jeunots
Pour des cons
Moi, qui balance entre deux âges
J'leur adresse à tous un message...
Le temps ne fait rien à l'affaire
Quand on est con, on est con
Qu'on ait vingt ans, qu'on soit grand-père
Quand on est con, on est con
Entre vous, plus de controverses
Cons caducs ou cons débutants
Petits cons d'la dernière averse
Vieux cons des neiges d'antan
Petits cons d'la dernière averse
Vieux cons des neiges d'antan
Vous, les cons naissants
Les cons innocents
Les jeunes cons
Qui, n'le niez pas
Prenez les papas
Pour des cons

Vous, les cons âgés
Les cons usagés
Les vieux cons
Qui, confessez-le
Prenez les p'tits bleus
Pour des cons
Méditez l'impartial message
D'un qui balance entre deux âges
Le temps ne fait rien à l'affaire
Quand on est con, on est con
Qu'on ait vingt ans, qu'on soit grand-père
Quand on est con, on est con
Entre vous, plus de controverses
Cons caducs ou cons débutants
Petits cons d'la dernière averse
Vieux cons des neiges d'antan
Petits cons d'la dernière averse
Vieux cons des neiges d'antan".

CAPÍTULO IX

Salí a la calle al día siguiente, y vi sorprendida que Julien y Angélique estaban medio escondidos en un rincón, besándose como cuando se conocieron. No sé si para consolidar su amor, a pesar de sus escapadas bisexuales, pero me gustaba verlos así, no cuando tienen a sus amantes.

Como cuando dices *Si no lo veo, no lo creo,* los miré una segunda vez, y sí, eran ellos, no otros que se les parecen mucho.

No soy nadie para meterme en su vida privada, pero me gustaría más que sean sinceros el uno con el otro, no con esta doble vida. Y si quieren vivir una relación abierta, que también es sana si se lleva bien, que lo digan. Ambos son buena gente.

Pasaron dos días, y Angélique volvió a tener los mismos errores que expliqué el segundo libro: enviar un WhatsApp a la persona equivocada.

"Agatha, mi amor, hasta la semana pasada yo creía que engañaba a mi novio contigo, y él no, pero entonces encontré a Julien con un chico en la cama, un magrebí muy guapo. Él estaba haciéndole a Julien una mamada igual a las que le hago yo, con mucha ternura y al mismo tiempo caricias por su pecho, mientras Julien le acariciaba su nuca. No estaba enfadada con él, al contrario. Los perdoné y les dije que yo también tengo sexo y amor a raudales contigo. Yo amo a Julien, estoy loca por él, pero también estoy loca por ti, muy enamorada. Hemos llegado a un acuerdo, una relación más abierta. Yo contigo, él con Mahmoud, así se llama aquel Adonis magrebí, y también Julien y yo. El amor y la pasión son imposibles

de describir en pocas palabras o matices. No temas, nosotras continuaremos con nuestro amor. Sólo cambia de aspecto, ahora cada uno con su amiga o amigo en su caso. Je t'embrasse. Angélique".

En dos minutos, como es la costumbre de ella cuando se ha equivocado de destinatario, borra el mensaje, pero ya sé cuál es la actitud de ella y él para salvar su relación amorosa.

El mensaje es apasionado. Mira de encontrar un nuevo tipo de amor, Angélique trata de no perder a ninguno de sus amores, Julien y Agatha. Me parece bonito, porque lo dice con la misma convicción con que yo empecé mi amor con Ségolène, a la que amo por encima de todas las cosas, como aquel amor a Dios que nos exige la Biblia.

Después de leer este tipo de amor diferente, me concentro en la actualidad. O más bien, me acuerdo cuando llevé por primera vez a Ségolène hacia Saleux, en donde todavía nadie sabía que éramos pareja. Gracias a aquella reunión lésbica, pudimos empezar, cada vez que íbamos, a amarnos por la calle, como cualquier pareja.

Me acuerdo siempre de Gérard Depardieu, ahora ciudadano de uno de los países más homófobos de todo el mundo, Rusia, cuando él mismo tiene una hija y una nieta lesbianas. Su hija Roxanne tiene una novia de raza negra, y la nieta Louise enseña de vez en cuando en Instagram a su novia, llamándola en sus *stories*, sin ningún tapujo, *"mi novia"* o *"mi futura mujer"*. Ella misma confesó que su madre, ya muerta, le dijo que esto de gustarle las chicas *"sólo era una etapa"*. Pues, nada de etapas. A mí misma me dijeron lo mismo cuando me enamoré de mi novia.

Pues, el problema para estas dos parejas de chicas será si quieren visitar Moscú, y como cualquier pareja, las apetece besarse, sea en la Plaza Roja y donde sea. Las detendrían por escándalo público o verdrían estos fanáticos homófobos que apalean a la gente LGTBI, y encima, no terminan casi nunca en prisión. Al contrario, los ponen de machos de verdad que desgraciadamente ya quedan pocos.

La relación a escondidas entre Julien y Mahmoud me recordaba también una película de André Téchiné, *Otros tiempos,* ambientada en Tánger (Marruecos), en donde Catherine Deneuve recibe a un antiguo amor, Gérard Depardieu. Ella tiene un hijo con novia, pero ninguna de ellas sabe que el chico tiene una relación homosexual con un chico marroquí. Cuando la vi, me sorprendió mostrar de este modo, e incluso tan abiertamente, una relación homosexual en un país musulmán como Marruecos, donde oficialmente no hay homosexualidad, y el colectivo LGTBI se debe ir hacia Occidente.

Ahora, como lesbiana, sé que estas relaciones amorosas existen, y de ninguna manera se pueden ocultar. Porque este chico, que tuviera una novia mujer y un amante hombre, es tóxico si se esconde y nunca sale al exterior.

Ségolène trabaja, creo que no lo había dicho antes, como funcionaria del Ayuntamiento de París. Ella, como lesbiana, se alegró mucho cuando la ciudad tuvo un Alcalde homosexual, Bertrand Delanoë, y fue de las primeras que hizo una manifestación de protesta cuando él sufrió un atentado. Por suerte, todas las fuerzas políticas de París y de toda Francia se solidarizaron con él. Incluso la extrema derecha, que cada vez más parece aceptar a los homosexuales, como cuando tuvieron un Secretario General gay y un Alcalde que no ocultaba su orientación sexual.

Desde que somos pareja, ella y yo vamos a menudo hacia el barrio del Marais, el barrio gay de la ciudad. Quien no conoce la ciudad, es por la zona de las Plazas de la Bastille y de la République.

Un sábado por la noche, entramos en un bar de ambiente mixto, es decir, para gays y lesbianas. Tenemos la suerte de encontrarnos con amistades mutuas, de mi chica y mías. Por ejemplo, mi amiga de Saleux, Sylvie, que venía con su chica, Marthe, ya vistas en el primer libro, en aquella reunión lésbica donde todo el pueblo supo que nosotras dos éramos pareja.

–Hola, Sylvie, no esperaba verte por París con tu chica –le dije, sonriendo.

Ella me miró con sus maravillosos ojos verdes brillantes y su penetrante mirada a la Megan Fox, y también sonrió.

–Hola, Valentina. Nada, quería llevar a mi novia a la noche parisina, más emocionante que la de Amiens.

Amiens está tocando Saleux, al Norte.

Nos saludamos con besos en la mejilla las cuatro.

–Ségolène es experta en locales de ambiente, y me dejo llevar.

–Nos puede recomendar un buen local, ¿verdad? –preguntó Marthe a mi chica.

–Sí, además de este bar, que es muy bonito y hay mucha marcha, hay más por todo París, pero los de esta zona son los mejores –dijo Ségolène.

–Me gustan más los bares lésbicos, pero los mixtos son buenos por que el colectivo LGTBI debe relacionarse, y los heteros también son bienvenidos, por supuesto, si se saben comportar bien –opinó Sylvie.

–He oído decir que el día del Orgullo tendremos una parte del desfile con recuerdo hacia los chicos y chicas africanas que no pueden amarse como nosotras porque está totalmente prohibido en sus países, excepto en Sudáfrica –dijo Marthe, mirando el teléfono móvil.

–Muy bien hecho –dije–. Y en los países de Oriente Medio, en los países asiáticos... Incluso en Occidente y Rusia... También hay persecución o discriminación.

Escuchó Sylvie la música que se sentía en el bar, como la que sentí en el bar lésbico en donde conocí a Ségolène.

—No me gusta mucho que pongan esta música —se refería a la música de *Rocky,* la de la fanfarria—, ¡me parece de película machista!

No estaba muy de acuerdo, pero bueno, era su opinión. Me imagino que la pusieron como ironía. Rocky Balboa tenía un cierto *feeling* para algunos chicos homosexuales, al igual que todas las canciones de Village People, cuyos miembros hacían parodias de los estereotipos machistas de siempre.

Las otras músicas que sentimos durante toda la velada, eran *Mujer contra mujer* de Mecano (en francés, traducida como *Une femme trouve une femme*), *I Follow Rivers* de Likke Li, *In the Army* de Village People, *J'ai le droit aussi* de Calogero, *I Want to Break Free* de Queen, *Ta Reine* de Angèle, *Tu me regardes* también de Angèle... Es decir, el colectivo LGTBI tenía muchas canciones en donde se sentía representado.

Ségolène tomó nota y añadió *Tu me Regardes* (Tu me miras) en la lista de canciones lésbicas de su teléfono móvil. Ya tenía *Ta Reine* de la misma cantante Angèle. Una buena cantante que reivindica el amor entre mujeres en dos canciones. Se dice que ahora tiene novia, no lo dice directamente, pero deja mensajes como vestir a su perrito con una mantita arco iris y llevar una camiseta que decía *Retrato de mujeres que aman a mujeres* en inglés.

Salimos las cuatro a la calle, una hora más tarde, cuando ya pensamos que teníamos que irnos a otro lugar. Esta vez elegimos un bar lésbico, cerca del otro, y continuamos con la charla de cualquier tema.

CAPÍTULO X

Pasó una semana y fuimos a la boda de unas amigas, Rose y Tonya, al Juzgado de París, ambas vestidas de blanco, con buen gusto y nada de sofisticación innecesaria. Las muchachas eran una de ellas morena y la otra castaña, como yo. Nuestra misma edad, unos treinta años.

Cuando fueron casadas y ellas se dieron el beso apasionado reglamentario como recién casadas, nos acercamos.

—Felicidades —las dije, además de darles un abrazo, a lo que se sumó Ségolène.

—Gracias. A ver si alguna vez os casáis vosotras también.

—¿Nosotras...?

—Sí. Vosotras sois una pareja maravillosa. Si las parejas LGTBI podemos, vosotras estáis hechas para seguir siempre como pareja.

Lo decía con ternura, con admiración hacia nosotras.

Me lo pensé un poco, antes de responder.

—Eeeem... No sé, nunca hemos pensado eso del Matrimonio. Somos una pareja muy sólida, y creo que no necesitamos de eso... Si algún día decidimos casarnos, no lo dudes, seréis las primeras en saberlo cuando digamos que sí.

—Por supuesto, no es ninguna obligación. Pero nos ayuda a enfrentarnos a los que nos atacan a las lesbianas porque queremos lo mismo que los heteros. Recuerda, Valentina, cuando los conservadores y los Le Pen hicieron manifestaciones contra el Matrimonio igualitario.

—Me acuerdo... Di apoyo al Matrimonio igualitario entonces.

—Nos lo pensaremos, no sufras –dijo Ségolène.

Cuando terminamos, y cada una de las dos parejas decidió irse a su casa, Ségolène y yo nos cogimos de la mano y permanecimos aún dentro del barrio del Marais.

—Piensas sobre esto que nos han sugerido las chicas, ¿verdad? –me preguntó mi chica.

—Sí, que estaría muy bien, consolidaría nuestro amor, pero no necesitamos casarnos. Nos amamos muchísimo, con esto ya es suficiente.

—Podemos pensarlo, amor, pero podemos empezar con vivir juntas, ya son dos años de pareja.

Ségolène me lo dice con una voz encantadora, dulce y llena de amor.

—Dos años... Y todavía quedan muchos... –dije– Creo que tienes razón. Nuestro amor es fuerte, y cada vez más pasamos las noches en casa de cada una. Tendremos que planificar una mudanza.

—No debe ser pronto, mi vida. Te quiero, y me gustaría poder tenerte en mi casa... o que me tengas a mí, en la tuya.

—En poco tiempo sabremos qué haremos. Si yo tuve el coraje de cambiar de vida y orientación sexual, lo tendré nuevamente con nosotras conviviendo.

Nos miramos y abrazamos con pasión. El amor de ambas era cada vez más fuerte. Estábamos en medio de la calle, en una calle cortada a los vehículos.

Nos dimos un beso intenso, largo, pasional, amoroso, sentido... Porque queríamos dar ese paso importante para consolidar nuestro amor, vivir juntas, despertar juntas. Ya había pasado el tiempo adecuado para que no fuera todo un error, sino un acierto.

Nuestras manos acariciaban las nucas de cada una, mientras nuestras lenguas estaban dentro de las bocas de la otra, en un beso imponente, sideral, apasionado. Si esto fuera una película romántica de Hollywood, la cámara subiría despacio para mostrarnos una vista del barrio y de nosotras.

Pero no es necesario, nos conformamos con disfrutar de nuestro beso y sentir de fondo la canción *J'ai le droit aussi* de Calogero, que ya explicamos antes.

Después de dos minutos y veinte segundos de un beso largo, nos pasamos los brazos por detrás de la espalda para ir hacia mi casa. Allí no nos esperaba nadie, quiero decir nadie físico, sólo nos esperaba una noche de pasión, el colmo de nuestro amor que comenzará una nueva etapa.

Cuarta parte:

VALENTINA 4:

VALENTINA / SÉGOLÈNE / AGATHA /ANGÉLIQUE / MAHMOUD / JULIEN

CAPÍTULO PRIMERO

Empiezo como en otras veces, con una parodia o sueño de los mics en donde hago homenajes al cine. Pues esta vez me acuerdo de una serie de televisión que me fascinó: *Yo, Claudio,* con el más atípico de los Emperadores romanos contando él mismo su vida, con aquella frase que se me grabó en la cabeza para siempre...

—Jo, Tiberia Claudia Drusa Nerona Germánica... y esto y lo otro y lo de más allá. Conocida no hace mucho entre conocidos y parientes como La Tonta de Claudia, o Claudia la Idiota, o Claudia la Tartamuda. Voy a contar esta extraña historia de mi vida...

Yo estaba vestida con una túnica romana, unas sandalias que me sentaban muy bien a mis pies y un peinado complicado como eran los peinados de las mujeres romanas. Ya sé que todo esto es un sueño y también ficción, pues en aquella época las mujeres no tenían ningún derecho, los maridos podían repudiarlas sólo con que se les quemara la comida. No mucho mejor que los esclavos.

He hablado en varias novelas de mi vida, de cuando conocí a mi novia Ségolène, el amor de mi vida, la cual me la cambió de arriba abajo. Ha pasado un año desde que acepté con ella de que nos hacía falta un cambio en nuestra vida: vivir juntas. Después de asistir a la boda de dos amigas, lesbianas como nosotras, una de ellas nos preguntó que por qué no nos casábamos nosotras también, que según ella hacíamos muy buena pareja.

Le respondimos que no creíamos en el Matrimonio y preferíamos seguir como pareja de hecho. Decidimos entonces dejar de vivir cada una en su casa y elegimos la mía para vivir juntas. Hicimos la mudanza de las cosas de Ségolène que podían caber perfectamente.

Ahora la narración se traslada un año más tarde, y nuestra relación amorosa sigue feliz. Hemos pasado de dormir juntas sólo una o dos noches a la semana a dormir los siete días. Una mañana me levantaba para arreglarme, aunque no era para ir al trabajo, ya que era un fin de semana.

Las dos dormíamos desnudas con frecuencia, y otras con camisón o pijama. En aquella mañana yo llevaba un camisón de seda muy bonito, elegante, casi de princesa Sissi Emperatriz. Fui al baño a darme una ducha.

Antes de nada, abrí el grifo de la ducha y cuando vi que estaba templada, como a mí me gusta la temperatura del agua, me quité el camisón y las braguitas para entrar, y ya dentro, cierro la puerta corrediza de la ducha. Cuando el agua empezó a caerme encima, me sentía en la gloria. Con mi cuerpo desnudo empapado de agua, me aparto los cabellos mojados de los ojos y me limpio con jabón. Dedico un minuto a esto, sin las prisas de las duchas cuando tengo que irme corriendo a la ducha.

Entonces siento que alguien abre la puerta de la ducha. Yo tenía los ojos cerrados, disfrutando de aquella maravillosa ducha, casi como cuando tengo una noche de sexo igual de maravillosa con mi novia, o cuando la tenía con alguno de mis ex novios.

—¡Cu-cu! ¿Se puede entrar? —dijo Ségolène con su maravillosa voz.

—Por supuesto, mi amor. Entra y dúchate conmigo —le dije, volviendo la cabeza un poco para mirarla, ella todavía con el camisón puesto.

Ella se quitó su camisón y las braguitas con sensualidad para entrar. Cerró la puerta de la ducha y se dejó mojar por el agua. Su maravilloso cabello rubio se mojó y aplastó. Se abrazó a mí y nos dimos un beso apasionado bajo el agua que suavemente caía.

Se puso detrás de mí para darme un beso en el cuello y tocarme los pechos con las manos. Suspiré y casi también solté un gemido de pasión. Me sentía muy excitada, y no puedo decir si tenía el clítoris mojado, ya que el agua de la ducha me tenía todo el cuerpo igual, pero la sensación que tenía era así. Tenía muchas ganas de hacer el amor con mi chica en la ducha, una práctica que ya hemos tenido con frecuencia cada mes de estos maravillosos tres años con Ségolène.

Me acordé de que cuando nos conocimos, yo salía de romper con Jean-Philippe por engañarme con otra, y Ségolène me dijo hace poco que también había pasado por la misma dolorosa experiencia. Ella me dijo cuando veíamos por televisión *La vida de Adèle* y la escena de la terrible ruptura de la relación entre Adèle y Emma por que la primera la engañó con un hombre, y encima no sospechó que Blanche, su ex, había tenido sexo con un hombre, y luego los pilló, igual que yo pillé a Jean-Philippe y a Macarena, su amiguita española.

Narro inmediatamente aquellos momentos en tercera persona. Ségolène llega a casa y ve que su novia Blanche, una chica rubia como ella, estaba en la cama con un chico y éste le hacía un coito anal. Antes de interrumpirlos, los miró durante treinta segundos. Blanche disfrutaba con el sexo que aquel tío, guapo y con un cuerpo atlético, le daba, sobre todo con el sexo anal, para lo cual la agarraba por la cintura y le metía su miembro por detrás.

—¡¡¡Blanche!!! ¿Qué coño haces? —gritó Ségolène.

—¡Ségolène...! —sólo contestó esto Blanche.

Ségolène empezó con una especie de ataque de ansiedad por la traición de su novia y reaccionó dándole una bofetada a la chica. Ella se quedó con ganas de llorar, pero esto no fue suficiente para Ségolène.

—¡Ahora fuera los dos de aquí! ¡¡¡Fuera!!!! —gritó señalando la puerta de salida de la casa.

Ambos se vistieron. El chico, con más tranquilidad que su amante. Blanche con más ansiedad. Se fueron. Blanche le dijo que al día siguiente vendría a por sus cosas.

Al día siguiente, entonces cumplió su palabra, vino con una furgoneta y en sólo dos horas se llevó todo lo que había tenido en casa de Ségolène.

Mi novia, al ver la habitación vacía de las cosas de su ex novia, se dejó caer sobre la cama y lloró mucho durante una hora consecutiva. Hasta trató de beber cerveza compulsivamente y se quedó borracha durante un día entero.

Llamó al trabajo para decir que no podía ir a trabajar, no había podido dormir. Se lo aceptaron y bebió más. Durmió hasta que se despertó con un terrible dolor de cabeza por la resaca alcohólica. Por suerte no cayó en un coma etílico.

Pero se levantó con ganas de tomar el aire, salir, divertirse, olvidarse de Blanche. Tomó un café y así se quitó de encima los efectos del alcohol. Pero como el café aumenta los nervios, hacía falta que tomara algún tranquilizante, por ejemplo una Valeriana, que no son nocivas.

Así, mi novia ya tenía coraje para salir a la calle. Primero habló por teléfono con algunas amigas, las cuales no podían ir por estar trabajando o con sus novias. Una de ellas le aconsejó irse a un bar lésbico, precisamente en donde ella y yo nos conocimos. Ella, como lesbiana, conocía casi todos los bares lésbicos o LGTBI de Paris, sobre todo los del barrio del Marais, pero no hacía falta que fuera allí.

Entró en el bar y sonaba una música que le gustaba mucho, la canción *Abracadabra* de Steve Miller Band, como una especie de invitación a la magia que cambiaría su vida del todo. Su angustia se convirtió por un momento en esperanza, ligar, gozar, follar... lo que sea, en el mismo *back* del supermercado (palabras textuales).

Ségolène se animó y entró con zancadas, que parecía que quería bailar la canción. Se sentó al lado de la barra y al lado había una chica atractiva de cabello castaño que le gustó en un santiamén. No hace falta decir que aquella maravillosa chica que vio (palabras textuales de ella misma) era yo.

Si yo ya me había excitado con aquella visión de una chica dulce y guapísima, pues Ségolène sentía lo mismo por mí. No hace falta decir que nos pusimos automáticamente a charlar, aunque empezamos con saludos, mientras Steve Miller Band seguía haciendo magia con su canción. E inmediatamente, la conversación que quedó grabada con fuego en el interior de nuestros corazones.

—Hola...

—Hola...

—¿Cómo te llamas?

—Ségolène.

—Anda, Ségolène, como Ségolène Royal, la ex de François Hollance?

—Sí... ¿Y tú cómo te llamas?

—Valentina.

—¿Valentina, como Valentina Teretxkova, la primera mujer astronauta?

—Sí.

La canción de Steve Miller Band acababa, e inmediatamente empezaba una canción lésbica, es decir, perfectamente adecuada para nosotras,

Une femme avec une femme, versión en francés de la mítica canción *Mujer contra mujer* del grupo español Mecano.

La cultura e inteligencia de la interlocutora de Ségolène, es decir, yo misma, y la de ella, facilitaba la atracción entre las dos, con poesía y un amor en el aire carente de cursilería, apasionado y dulce.

La conversación entre las dos tocaba temas complejos, diferentes, nada frívolos ni idiotas. Ambas éramos enemigas de la estupidez. No podía Ségolène quitarme los ojos de encima, sus ojos azules, mientras mis ojos castaños también estaban atrapados por el encanto de la chica que ahora es mi novia.

Ségolène me confesó que deseaba que yo le diera el primer beso, no ella. Se moría amorosamente por un beso mío. Le hice caso y me atreví. Ya sé que fue mi primer beso lésbico, pero me lancé como una mujer pirata al abordaje de la nave enemiga, y mi espada eran mis labios que abordaban los de Ségolène.

Ella se lanzó contra mí también al abordaje de mis labios. Dos bucaneras en busca del botín que se llaman labios. Sea con nuestros labios o con la ayuda de nuestras lenguas. Con ternura y sin prisas. Además, éramos en el lugar adecuado para ello, un bar lésbico en donde también había más de una pareja de chicas con la misma misión.

Aquellos primeros besos recibidos por Ségolène fueron maravillosos, según ella me explicó después. Nunca se había sentido tan amada por una mujer, y eso que ha tenido chicas con las que conoció todos los secretos del amor como en aquellas series japonesas de animación, en donde acabamos conociendo los secretos más insólitos de las artes marciales.

Me acuerdo que cuando sonó el teléfono móvil con Jean-Philippe, me quería morir de vergüenza durante un segundo, pero reaccioné.

Ségolène me dijo que por un momento se quedó decepcionada, pero mi súbita y rápida reacción soltando toda clase de palabrotas contra mi ex, la convencieron de que mi amor por ella era de verdad.

La canción de Mecano ya había acabado, ahora llegaba *Born to be alive* de Patrick Hernández, por que la discusión con Jean-Philippe fue irónica y cómica involuntariamente.

–¡Mierda, es mi novio!

–¿Qué...?

–¿Qué coño quieres, pedazo de mierda???

–¿Que qué quiero? Pues pedirte perdón, reina –dijo Jean-Philippe con miedo de perder a su novia.

–¿Perdón? Mira, tío, ya os escuché demasiado tiempo a ti y a tu amiguita española. Yo te he amado como nadie, yo siempre amo con toda mi alma a mis parejas, ya lo sabes, pero me has traicionado. Y mira por dónde, he conocido a otra persona, una persona a la cual amo muchísimo, y ahora te la presentaré...

Ségolène se fijó que encendí el vídeo del teléfono móvil, y salió una imagen con un chico.

–¿Ves el vídeo?

–Sí, sí, te veo...

–¡Pues mira, cretino de mierda...!

Ségolène sonrió mucho, se puso nerviosa, positivamente hablanco, ya que ello demostraba que su nueva amiga, es decir, yo, era sincera y la amaba de verdad. Que yo no era ninguna heterocuriosa que sólo quería probar lo de ligar y follar con mujeres. Que la amaba de verdad. Y como Ségolène es apasionada con cada una de sus novias, yo quería ser su gran amor.

Pero antes de todo esto, quería acabar la charleta con mi ex. Levanté la voz, casi estridente, durante toda la conversación. Aunque la voz de Jean-Philippe, que se oía por teléfono como un grito casi lejano de una fiera salvaje, competía con la mía.

—Te presento a mi amiga y mi nuevo amor, Ségolène… Una chica maravillosa, culta e inteligente, con muchas cosas que tú, en tres años de pareja conmigo, no has llegado a tener ni tendrás jamás en tu puñetera vida.

—¿Tu nuevo amor? ¿Pero qué dices...?

—Digo la verdad. ¿Verdad que sí, Ségolène?

—Sí, dices la verdad, reina...

Mi beso con Ségolène lo sintió ella como si estuviera en la gloria, en el Cielo de las lesbianas, si hay alguno. Una actitud la nuestra que enfureció a aquella voz histérica que parecía salida de las cuevas prehistóricas, pasada por el filtro cómico de una comedia bufa. Esto lo describió Ségolène con sinceridad cuando se acordaba.

—¿Pero qué broma es esta...? Valentina, ¿qué coño haces...?

—¡No es ninguna broma, pedazo de asno! Hoy empiezo una nueva vida. Olvídate de mí, vete con tu amiguita, que como es de Málaga, que te haga de comer *pescaíto frito,* creo que se llama así. Si quieres saber más de nosotras, haremos como Louise, la nieta de Gérard Depardieu, y colgaremos fotos muy tiernas en Instagram, como ella hace con su novia. ¡Buenos días!

Yo despedí a mi ex con el dedo corazón alzado. Ségolène, animada, hizo lo mismo con el suyo. Mi ex colgó y se apagó la imagen.

—Em... Ségolène, te pido disculpas. Era mi ex novio, que me hizo mucho daño poniéndome los cuernos con otra. Me ha salvado conocerte. Te lo digo de verdad —le dije.

Ella me miraba fijamente a los ojos, que brillaban de felicidad, y nos abrazamos y dimos un beso largo. El abrazo fue más intenso, lo mismo el beso, pero Ségolène era feliz, lo había pasado putas con la infidelidad de su ex, y encima con un hombre, como en la escena de *La Vida de Adèle* en donde Emma rompía con Adèle, que vuelvo a decir que fue terrible para ella. Hubo de pasar una especie de odisea, como la de Homero o la del pianista judío polaco Wladislaw Spillman de la película de Roman Polanski.

Toda esta odisea de mi chica ya es pasado, por que ahora estamos juntas después de un año y tres de relación. Ahora también estamos juntas en la ducha, dejándonos llevar por la pasión, sobre todo yo, por que me besa en el cuello y de vez en cuando pasea por él su lengua, algo que me vuelve loca.

Sus manos habían abandonado mis pechos y ahora bajaban a mi clítoris y mi culo. Mis gemidos son imparables. Le pido que siga, que quiero más, más, más.

Mi chica es una maestra en el arte amatorio. Siempre sabe hacer que yo llegue a cualquier orgasmo, y esta vez el orgasmo conseguido es de los buenos. Solté un grito, seguido de una respiración agitada. Todo esto sin abrir los ojos en ningún momento, permanecen cerrados después de varios minutos con un placer inmenso.

Ahora toca el placer para ella. Me pongo de rodillas para buscar su clítoris, que con la fina lluvia de la ducha tiene una mezcla de varios fluidos suyos con la misma agua. Mi lengua, discípula de la suya, hace que su orgasmo sea similar al que yo tuve.

Mientras le besaba, tenía en la cabeza la canción de Angèle *Tu me regardes,* una de las canciones lésbicas más bonitas que jamás he oído. Si mi chica me miraba, yo también. A la vez recordaba otra maravillosa canción suya, *Ta Reine,* que oímos cuando nos dimos aquel maravilloso beso en la quedada lésbica de Saleux. Todo era mágico, quizá demasiado, y odio los cuentos de hadas, pero hay que aprovecharlo mientras siga vivo el amor.

CAPÍTULO II

Cuando celebramos el Día de la Visibilidad Lésbica, Ségolène y yo buscamos varias fotos para celebrarlo como es debido, sin chorradas ni tampoco ningún *selfie* de niña pequeña. Elegimos una que nos hicimos cuando fuimos a Berlín, al lado de los restos del Muro, el Mural con Lionid Breznev y Eric Honecker dándose el *beso ruso.* Nos dimos un abrazo y un beso apasionado, mejorando el beso del mural. Por unanimidad, ella y yo subimos esto.

—Me pregunto si Louise Depardieu y su prima Roxanne harán algo así contra la homofobia rusa —dijo Ségolène, mirándose la foto.

—Quizás —respondí, sonriendo.

Entonces, mi teléfono móvil hace un ruidito por que recibo un mensaje, y es de mi hermano Julien.

"Feliz Día de la Visibilidad Lésbica, hermana. Por que en todo el mundo hace falta personas como vosotras dos".

Le contesté con un tierno mensaje, pleno de *emoticons* de besos, pero de los más simpáticos, no de los cursis ni tampoco de los horteras.

"Gracias, hermanito. Tú eres de los hombres que hacen falta en todas partes por que nos ayudáis a nosotras... y también os ayudamos a vosotros los bisexuales".

También quería darle apoyo por que los y las bisexuales son importantes para que los prejuicios homófobos y lesbófobos desaparezcan. Pero es complicado mientras que haya políticos como los de España, Italia o Europa del Este en donde persiguen y ocultan la homosexualidad. En la Rusia homófoba ignoran u ocultan que Tchaikovski, uno de los mejores músicos de todos los tiempos y también ruso, era homosexual. Se casó con una mujer, pero duró poco tiempo debido a su imposibilidad de fingir por demasiado tiempo que le gustaban las mujeres.

Desde que Ségolène me regaló varios mangas japoneses de temáticas yuri y yaoi, es decir, lésbica y homosexual, descubrí que la sexualidad en la cultura japonesa es compleja y sin el sentido de culpa de Occidente. Después de acabar con *After School,* que todavía tiene aventuras de Ichika y Siika por mucho tiempo, con sus amores expresados a través de los besos, ahora me fascinan las dos protagonistas de *Citrus,* Yuzu y Mei. En un principio, me parecía algo violenta la reacción de Mei, pero veo que era por que echaba de menos a su padre, viendo ahora a su madre con otro. Yuzu y Mei son hermanastras, pero no les impide amarse, no hay nada de incesto. Y cuando se dejan llevar por la pasión y se besan, son de los de pasión fuerte, *heavy.*

Leo en la cama el manga, Ségolène ya duerme, pero todavía necesito leer un rato para coger sueño. Ambas llevamos camisones.

Llego al capítulo final, en donde después de varias rupturas y reconciliaciones, ambas se reconcilian y sellan definitivamente su amor con una boda final. No es el único manga yuri en donde las dos chicas enamoradas se casan, hay más, aunque en el Japón todavía no está autorizado el matrimonio LGTBI. Tenemos suerte en buena parte de Europa de que el Matrimonio LGTBI existe, y una idea me viene a la cabeza…

Me emociono viendo la boda entre Yuzu y Mei en *Citrus,* sobre todo viendo a Mei y sus ojos tristes, que a veces se hace la dura, pero sufre mucho por cualquier cosa. La idea que me viene a la cabeza es que Ségolène y yo nos casemos.

Y me gustaría mucho casarme con mi novia. Las dos, al ser lesbianas, rompemos con esa idea carca del Matrimonio. Quizá deberemos de ir a bancos de semen para que cualquiera de las dos tenga hijos, pero no tenemos deseos, por no decir ninguno, de tener hijos. Nunca he sido, ni tampoco me he visto, como una madre, y Ségolène todavía menos.

Mientras leo el manga final de *Citrus* y veo los preciosos vestidos de novia de las chicas, acabo escribiendo en un *post-it* de color amarillo que dejo pegado en la portada:

"Pedir a Ségolène si se quiere casar conmigo, pero no sé si ella querrá. Una chica tan maravillosa como ella se merece la mejor mujer para casarse. Aunque ninguna de las dos somos partidarias del Matrimonio".

Dejé de escribir por que tenía sueño, ya debía de dormir, y apagué la luz. Dejé el manga encima de la cama, quizá por el sueño, que ya no me dejaba pensar con claridad.

Dormí plácidamente, con la felicidad de dormir con mi novia, que dormía como siempre, sin molestar, aunque a veces tengo miedo de dormirme y roncar, lo cual no dejaría dormir a ella.

Pero cuando ya amanecía, y esto veía en algunos rayos de sol que entraban por la ventana, de repente oí unos lloros. Y no eran de la vecina de nuestra casa, sino de nuestra propia casa.

Me acordé de que no escondí el manga que leía durante la noche, y todavía peor, con la nota pegada en donde decía que me gustaría casarme con Ségolène.

Vuelvo la cabeza a la derecha y veo que Ségolène había leído la nota y estaba llorando. Aunque parecía que su cara de pena no lo era por que se hubiera muerto alguien próximo a ella, como su abuela, que siempre la apoyó cuando confesó a toda su familia que era lesbiana. Era más bien de felicidad.

—Ségolène, reina, ¿qué te pasa? —pregunté asustada, como cuando me pillaron en el instituto comiéndole la polla a un chico, compañero de mi clase que me gustaba.

—Nada… nada, no te preocupes, mi amor… —dijo Ségolène, con sus bonitos ojos azules brillando por las lágrimas—. Acepto... acepto... —decía ahora con la voz entrecortada—. Sí... quiero casarme contigo.

Respiré fuerte, tapándome la boca, y di la vuelta alrededor de la cama para sentarme al lado de Ségolène. Puse mi mano por detrás de los hombros para tranquilizarla.

—Vamos, vamos, guapa, no llores… Te quiero mucho, no quiero que llores.

Ella me contestó poniéndome las manos en las mejillas.

—Yo también te quiero, reina… ¿De verdad quieres casarte conmigo?

Veía todavía las lágrimas convirtiendo en transparentes sus ojos.

—Sí —respondí sincera, por que la amaba mucho. Era la mujer de mi vida.

La abracé y besé, que empezó suave y se volvió pasional, directo. Nos queríamos devorar con las bocas y las lenguas. Sellar de esta manera nuestro futuro matrimonio. La pasión sexual llegó justo después e hicimos el amor. Nos quitamos los camisones y las bragas para comernos vivas, llegar a varios orgasmos y disfrutar de nosotras mismas.

Todavía nos quedaba encontrar unos anillos bonitos y no demasiado caros. Después encontrar los vestidos para la boda, tampoco no demasiado caros. Cualquiera de las dos cosas sería algo complicado de encontrar. Nosotras queríamos una boda sencilla.

CAPÍTULO III

Abro el WhatsApp para contarle esta noticia a mi hermano Julien: me voy a casar con Ségolène. Tengo una sonrisa que ocupa toda la superficie bucal.

"*Querido Julien. Tengo que comunicarte una gran noticia. Ségolène y yo nos casaremos. Lo decidí después de leer algunos mangas yuri que ella me regaló por mi último cumpleaños. Ella aceptó muy feliz, y la pobrecilla lloró. Nuestra relación va muy bien y merece una continuación de verdad*".

En un minuto, Julien me contestó, y quizás no era la contestación que esperaba, pero es mi hermano, lo quiero mucho y quiero lo mejor para él:

"*Querida Valentina, me alegro mucho por ti. Yo también tengo una gran noticia para ti: también me casaré, pero con mi amigo Mahmoud. Angélique y yo lo hemos dejado por que ella ama más a su amiga Agatha. Y comprendo esto. Nuestro amor ha sido precioso, pero no todo dura eternamente. En cambio, amo a Mahmoud, es un chico sensible y tierno, con el cual tengo muchas cosas en común...*"

Envié a mi hermano un mensaje de apoyo:

"*Querido Julien, tú y Mahmoud sois una pareja bellísima, igual que lo fue la tuya con Angélique. Merecéis ser felices. Perdona esta cursilería, pero lo más importante es la felicidad con quien de verdad quieres. Y ya está. Besos*".

Decidí escribir a Angélique. Aunque a veces ella, muy torpe con Internet, me enviaba a mí algunos mensajes que eran para Ségolène, que fue amante suya cuando aún no la conocía, y después de Agatha. No dije nada de su ruptura con Julien.

"Hola, Angélique, ¿cómo estás? Tengo que contarte una gran noticia: Ségolène y yo nos casaremos. Hemos decidido que nosotras nos amamos y haremos una bonita boda, eso sí, sencilla".

Mi estilo de no decir nada de su ruptura con mi hermano funcionó. Contestó describiéndome una especie de crónica periodística:

"Me alegro por vosotras, la mejor pareja que nunca he visto. Yo he roto con tu hermano, por que me he enamorado de otra mujer. No es la primera vez, ya que he conocido a varias mujeres incluso cuando ya estaba con Julien. Yo he sido un poco como Angelina Jolie, que fue bisexual muchos años y tuvo varias novias, incluso cuando ya estaba con alguno de sus maridos. Pero hace tiempo que conocí a Agatha, una amiga mía, dulce y adorable, con la cual tengo una relación paralela desde hace muchos años. Julien ya sabía esto, igual que yo ya sabía que él se veía con otro chico, un magrebí. Ahora sólo nos queda que seamos felices los cuatro, cada uno por su lado y conservando la amistad. Los años con tu hermano fueron maravillosos, no me arrepiento de nada, es un hombre íntegro y encantador. Pero hay que pasar página."

Madre mía, parece el primer capítulo del primer tomo de *Los Tres Mosqueteros* de Alexandre Dumas, pero es muy clara, han sabido romper civilizadamente.

Como hay que ser educada, y Angélique es una buena persona, quiero darle mi apoyo con el siguiente mensaje:

"Pues muy bien, Angélique. Buena suerte con tu novia".

Muy breve, tampoco quería ser demasiado larga. Pero de golpe, me sorprendí con su respuesta:

"Gracias, Valentina. No sólo Agatha es mi novia, sino que muy pronto será mi mujer".

¿Otra boda LGTBI? Primero la mía, luego la de mi hermano y ahora la de su ex novia. Un sueño de nuestro colectivo hecho realidad.

Tres bodas. Muy bien. Aunque no soy muy partidaria del Matrimonio, ni mi novia tampoco, pero estoy dispuesta a casarme con la mujer de mi vida. Por que nunca he tenido una pareja como ella. *C'est fini.*

CAPÍTULO IV

Ségolène y yo compramos unos anillos para mostrar nuestro compromiso como pareja a punto de casarse. Elegimos unos anillos sencillos, nada de diamantes y piedras preciosas que se pueden perder fácilmente o te los pueden robar. Con nuestras iniciales: V. P. (Valentina Poussières) y S. A. (Ségolène Aurillac).

Su color es dorado, aunque no es dorado de oro, sino de bronce. Lo más importante para nosotras es que simbolice nuestro amor.

Por suerte, en nuestros trabajos no debemos quitarnos los anillos. Somos trabajadores de oficina, sólo eso.

En mi trabajo, Agnès me felicita por mi próxima boda. Pero se acordó de cuando nos sugirieron las amigas que se casaron que nosotras hiciéramos lo mismo y no aceptamos.

—Tu y Ségolène hacéis muy buena pareja. ¿De verdad que no aceptasteis casaros cuando vuestras amigas lo hicieron?

—Exacto. Es que no teníamos todavía bien madura la idea. Pero dimos un paso adelante en irnos a vivir juntas.

—Tienes razón, primero tratar de vivir juntas y probar si funcionáis así. ¿Cómo será la boda?

—Sencilla. Quizás en Saleux, mi pueblo. Me acuerdo todavía cuando Ségolène y yo fuimos, y la pobrecita debía fingir que era mi amiga nada más, y no mi novia —sonreí un poco al recordar aquello, que acabó cuando fuimos a la quedada lésbica de Saleux.

—Pues un primo mío, que es gay, también tuvo que fingir que tenía novia —dijo Agnès—. Un día se cansó de fingir lo que no era, y ella también. Se plantaron ante los padres de ambos, y la chica dijo que sólo quería ayudar a su amigo. Ahora él tiene un simpático novio, y ella un novio de verdad.

—Han debido sufrir mucho.

—Pues sí. Pero como dices mucho, todavía se ha de ocultar. Y todavía más en la Europa del Este.

Seguimos un rato más con estas revelaciones referente a cómo se puede ocultar lo que eres de verdad. Hasta cuando me recordó que un padre de familia descubrió quién era de verdad el novio de su hija gracias a un detective privado.

Pero Agnès me recordó el caso de una mujer lesbiana muy famosa, que sufrió abusos de dos maridos de su madre. Se refería a Cheryl, la hija de la actriz estadounidense Lana Turner, la protagonista de la versión antigua llevada al cine de la novela *El cartero siempre llama dos veces.*

Pues Cheryl sufrió abusos sexuales de su padrastro y de otro marido de su madre, Lex Barker, que interpretó a Tarzán en el cine. Esto lo explicó Cheryl en sus memorias.

Y encima, la madre se enamoró de Johnny Stompanato, un violento gángster que fue guardaespaldas de un poderoso capo mafioso. El gángster daba palizas con demasiada frecuencia a su mujer, y a la mujer eso le gustaba, en una morbosa sesión de sadomasoquismo. Un día vio Cheryl cómo aquellas palizas presuntamente amorosas iban demasiado lejos, y sin dudarlo cogió un cuchillo de cocina y mató a Stompanato.

Durante el juicio, algunos trataron de acusar a la Turner de haber planeado el asesinato, e incluso algunos implicaron a Sean Connery, entonces residente en Los Ángeles y que había trabajado con la Turner en una película. O a la misma Cheryl, la cual fue internada en un reformatorio para una *"terapia psiquiátrica".*

Cuando creció la chica, se hundió en las drogas, pero estudió Dirección de Hoteles y recondujo su vida. Además, se enamoró de la modelo Jocelyn LeRoy, con la cual empezó una relación amorosa que todavía dura 50 años después. Se casaron el año 2014, cuando en California se autorizaron los matrimonios LGTBI. Lana Turner no vio bien la relación lésbica de su hija, pero finalmente admitió a su novia *"como a una segunda hija"*.

En resumen: Cheryl no quiso saber nada de los hombres, primero por que de dos de ellos sufrió abusos cuando era pequeña, y encima, vio a un bestia que daba palizas de muerte a su madre. Además, ella misma decía que desde los seis años ya sentía atracción por las mujeres. Por eso la chica se decantó por las mujeres y se casaron casi al mismo tiempo que otra lesbiana famosa: Jodie Foster, con su última novia cuando Hollywood ya sabía (y respetaba) que la Foster siempre se enamoraba de mujeres.

Jocelyn siempre ha estado al lado de su mujer, incluso cuando el año 1998 Cheryl padeció un cáncer de mama que necesitó una doble mastectomía y radioterapia para superarlo.

Es decir, si yo o Ségolène padeciéramos cualquier enfermedad, nos hemos de apoyar, cualquier pareja o matrimonio lo hace. No queremos pronunciar jamás la palabra enfermedad, pero hemos de hacerlo.

CAPÍTULO V

Estuve mirando algunas músicas para nuestra boda y dije muy claro a mi novia que no quería para nada a Mendelssöhn como música de fondo. Quería algo diferente, rompedor. Y escuché músicas variadas, hasta que elegí a Ennio Morricone y concretamente su trilogía del western con Sergio Leone. A Ségolène le pareció muy bien, ella también quería desafiar lo establecido.

Oímos primero el tema principal de *Por un puñado de dólares.* Me parecía perfecto, y así, nosotras nos sentiríamos empoderadas, como serían las *cowgirls* del Oeste, pues también había mujeres que no eran para nada los floreros insignificantes de detrás de los hombres. Nosotras nos imaginábamos silbando la música por toda la casa, o hacíamos esto en realidad, partiéndonos de risa.

Justo después, otro tema de Morricone, el de la película *El bueno, el feo y el malo,* con sus gritos imitando los aullidos de los coyotes y los lobos. También tendría posibilidad.

Y otro más sencillo, con ritmo de banjo, el tema *Adiós a Cheyenne* de la película *Once upon a time in the West.* También nos serviría. Como si fuera una opción de la cual dependiera nuestra vida, elegiremos uno de ellos.

Finalmente tuvimos una votación entre nosotras y nuestras amigas, y eligieron casi por unanimidad el tema musical de *Por un puñado de dólares,* ya que el tema de *El bueno, el feo y el malo* les parecía demasiado estridente, y el de *Once upon a time in the West* estaba muy bien, pero más que nuestra boda, parecía un festival de música *country.*

Encendimos la televisión y había una película americana, *Chloë,* remake americano de una película francesa, *Nathalie X,* en donde una mujer casada que sospecha que su marido la engaña con otra, contrata a una prostituta para que seduzca al marido. Si él la rechaza, entonces le es fiel. Pero no la rechazó, sino que se la llevó a la cama.

En la versión francesa, los personajes no son juzgados. Pero en el remake americano se convirtió en todo un bollodrama, en donde la mujer y la prostituta se lían y follan, y encima, la prostituta se liga al hijo del matrimonio. Ah... ¡y al final, la prostituta se tira ella misma por la ventana, suicidándose! Como lesbiana, no me gustó nada.

No me gustó mucho pese a grandes actores como Liam Neeson, Julianne Moore i Amanda Segfried. Las escenas lésbicas parecían una de aquellas películas en donde la lesbiana siempre era malvada y perversa, y acababa muriendo o en la cárcel. Le pusimos una cruz, lo mismo nos pasó con *Instinto básico.* Ya sabemos que la maldad no depende de la orientación sexual, pero las lesbianas ya hemos pagado demasiado por prejuicios sexistas. Si los gays, los pobrecillos, habían de parecer imbéciles y cursis, nosotras acabábamos todavía peor.

Así que cambiamos de canal y encontramos un clásico del cine LGTBI, queremos decir hecho en Hollywood: *Brokeback Mountain* de Ang Lee. Rompió moldes y demostró que los *cowboys* también se podían enamorar de otros hombres. Hasta Willie Nelson, maestro de la canción *country,* sacó una canción inédita que hablaba de *cowboys* gays. Además, los protagonistas, que también se enamoraron de mujeres, eran perfectamente hombres. Yo ya conocía la película cuando era hetero, la disfruté con uno de mis ex novios. La autora de la novela en la cual se basa la película, se inspiró en varios *cowboys* que vio en un bar de la

América profunda, que no se fijaban absolutamente nada en las chicas guapísimas que había, y sí se fijaban en otros chicos presentes.

—¿Te acuerdas de que la Academia de Hollywood le negó el Óscar a la Mejor Película a *Brokeback Mountain?* —le pregunté a Ségolène.

—Sí. Jack Nicholson, cuando leyó cual era la ganadora, puso una cara... parecía que decía: ¿pero estos votantes, qué coño se han fumado?

Reímos las dos.

Cuando acabó la película, sonó mi teléfono y era Julien.

—Hola, Julien, hermanito, ¿cómo estás?

—Perdona que te moleste, hermanita, quería sugerirte que si tú y Ségolène os casáis, podríamos hacer dos bodas a la vez: la vuestra y la nuestra.

—¿El nuestro y el tuyo con Mahmoud?

—Sí. He pensado que sería una buena idea. Somos hermanos y queremos que nuestras bodas sean sinceras, contra esa gente que odia las bodas LGTBI. Y la mejor manera para ello es más de una boda.

—Bien, me parece perfecto. Y además, como los dos somos de la familia, entonces será fabuloso. Una pregunta: ¿lo tuyo lo saben nuestros padres?

—Sí, por supuesto. Primero se sorprendieron, no quiero decir que ahora me vean diferente por que ahora me gustan los tíos, sino que se esperaban que lo mío con Angélique sería eterno.

—No hay nada eterno, Julien. Como dicen los curas en las bodas: *"Hasta que la Muerte os separe"*.

—Tienes razón. Nada es eterno. No obstante, ya sabía que Angélique era bisexual y que de vez en cuando se veía con otras mujeres...

—¿De verdad...? —supe fingir que no sabía nada de esta historia. Angélique, a veces, me enviaba a mi WhatsApp mensajes que en realidad eran para otras mujeres, como su actual novia Agatha e incluso a mi novia Ségolène, con la cual se lió tiempo atrás.

—Sí, mucho. Un día, la oí hablar con otra mujer, contándose toda clase de batallitas sexuales que habían tenido. Bien, no batallitas, sino goces. Lo oí para conocer más trucos del sexo con mi novia, por supuesto.

Puse una cara de vaya manera de aprender sexo, cotillear las conversaciones ajenas, sobre todo entre amigas, aunque ambas eran mucho más que amigas.

—Pero tengo curiosidad —quise cambiar de tema— por saber en dónde os conocisteis Mahmoud y tú. Ahora, Angélique es pasado, y Mahmoud es presente.

—Pues nos conocimos en un bar gay de Amiens. Yo fui por que buscaba a un amigo que se reúne allí con otros amigos. Charlamos un rato Mahmoud y yo por otros asuntos, pero de golpe me sentí atraído por él… No sé si a ti te pasó lo mismo con Ségolène… —me contó esto con confianza.

—Quizás sí, Julien, no sé cómo te enamoraste de Mahmoud, pero el enamoramiento entre mi novia y yo fue rápido. Nos caímos muy bien y teníamos muchas inquietudes comunes. Esto siempre ayuda a enamorarte.

—Lo entiendo, hermanita. Mahmoud y yo también tenemos inquietudes parecidas. Me decía que era un chico que salió con chicas, pero que un día se dio cuenta de que amaba más a los chicos. Por esto, empezó a ir a los bares gays y allí conoció a varios chicos muy guapos. Y el día que fui yo, nuestro amor surgió rápido.

"Me seducía su aspecto exótico y muy atractivo, casi como un actor de telenovela turca. Ya sé que yo también tengo atractivo, me lo dijo él, pero su aspecto de chico con un cuerpo atlético y una cierta vulnerabilidad hicieron que en un rato él y yo empezáramos a besarnos. Fui allí desde entonces más veces y en poco tiempo fui a su casa, en donde vive con otros amigos gays y heteros, y tuve mi primera experiencia sexual. Aunque con Angélique esto del sexo también era maravilloso, pero Mahmoud me hizo gozar mucho, y encima él conoce muchas técnicas del sexo oriental que en Occidente casi nadie conoce.

Escuchaba esto con fascinación, por que siempre es interesante conocer cómo empezó una historia de amor diferente a otras. Miré a Ségolène y estaba leyendo un libro, el cómic *El azul es un color cálido* de Julie Maroh, el cual tuvo, ya lo dije, una versión libre para el cine, *La vida de Adèle.* Ya lo leí y me gustó mucho.

Pero me interesa cómo conoció Julien a Mahmoud, y cómo desarrollaron su historia amorosa.

—¿Tú amas de verdad a tu novio? —le pregunté.

—Sí, mucho —fue sincero—. He aprendido muchas cosas con él, y es muy tierno, sensible, comunicativo, solidario… Él te hace fácil la convivencia. Cuando nos casemos, iremos a vivir a Paris. Él es técnico audiovisual.

Charlamos un rato más y le dije que un día tendremos que quedar para preparar la boda doble. O triple, por que no sé si Angélique se añadirá al grupo con su boda con Agatha. Un día tengo que hablar con ella.

CAPÍTULO VI

Yo y Ségolène íbamos por los Campos Elíseos de Paris, cerca del Arc de Triomphe, caminando en una mañana de domingo. El tráfico es más tranquilo, aunque es casi imposible cruzar la calle hasta el Arc de Triomphe por que siempre hay automóviles dando la vuelta al mismo, y entonces es necesario utilizar un acceso subterráneo.

Por la misma acera vimos a una pareja de chicas como nosotras, que iban también cogidas de la mano. Reconocimos a una de las chicas: era Angélique, cogida de la mano de una atractiva chica de raza negra.

La saludamos.

—Hooooola, Angélique, buenos días —dijo Ségolène, saludando con la mano derecha.

—Hola, parejita —dijo ella—. Os presento a Agatha, mi futura mujer.

Lo dijo con una sinceridad apabullante, sencilla, directa. Casi acabo aplaudiendo, pero reaccioné abrazando a Agatha, y Ségolène a Angélique, que además es su ex.

Dije que podríamos beber algo en un bar de los Campos Elíseos y charlar un poco sobre nosotras, sobre todo ahora que muy pronto nosotras dos nos casaremos y ella con su novia, además de mi hermano con su chico.

—No sé si seré indiscreta, ¿pero cómo os conocísteis? —pregunté yo a la pareja Angélique-Agatha.

—En una fiesta —dijo Agatha—. Empezamos a charlar, y yo sentía que me había enamorado. Yo soy de Kenia, ya os habréis dado cuenta por mi acento —sí, me di cuenta de que tenía un acento africano diferente al que se escucha en los países africanos que fueron colonias francesas—. Tuve problemas en mi país por que allí la homosexualidad está prohibida, e incluso es difícil ver allí películas que hablen de mujeres que se aman, como yo misma y Angélique —cogió la mano de su novia mientras cuenta todo esto.

—Entiendo —contesté, muy atenta.

—Pues hace años hubo una película keniata que hablaba de lesbianismo y gustó mucho en Europa, por que en mi país sólo se pudo proyectar durante una semana, aunque había sido enviada a los Óscar de Hollywood en representación de Kenia.

—¿Te fuiste de tu país por que te perseguían por ser lesbiana? —preguntó Ségolène.

—Sí. Un día me enamoré de una chica, mi mejor amiga. No pudimos evitar besarnos en plena calle, aunque era un callejón oculto. Alguien nos vio y nos denunció a la Policía. Mi madre, que siempre me apoyaba, compró un billete de avión para que yo huyera deprisa del país. Llegué a Inglaterra, pero como también sé francés, me instalé en Francia. Pienso nacionalizarme francesa.

Me imaginé toda esta historia como en una película estilo *Argo*, con Agatha tratando de huir del país a contrarreloj, con los fanáticos detrás persiguiéndola. No veía yo ninguna diferencia entre los fanáticos del Ayatollah Jomeini de la película *Argo* y los fundamentalistas keniatas, en este caso cristianos, que persiguen a homosexuales y lesbianas. Y encima, en nuestra Europa tenemos ejemplos parecidos como Hungría y Polonia, aunque no nos habían prohibido, pero sí hacer desaparecer nuestra orientación de las conversaciones generales.

Me cayó muy bien Agatha. Inteligente, decidida, sincera. Y muy enamorada de su novia. Ya no veía a Angélique que parecía que algún día me quitaría a mi chica, por que a veces se equivocaba de destinataria cuando enviaba mensajes de WhatsApp. También Angélique había cambiado. Por que ya no tenía que fingir cuando estaba con mi hermano. Y sobre todo cuando se reencontró con mi novia en Saleux, cuando yo presentaba a Ségolène a mis padres. Allí se le cayó la careta con la que ocultaba su doble vida.

Un ruidito se escuchó: el teléfono móvil de Ségolène. Atendió la llamada con una sonrisa.

—¿Diga...? Ah, hola, Mamá. ¿Cómo estás...?

De golpe la sonrisa desapareció. Me puse en alerta.

—¿Co-cómo puede haber pasado...? —los ojos de ella empezaron a llenarse de lágrimas, y su habla se volvió un tartamudeo—. ¿Estás segura...? ¡No quiero que digas eso, Papá se pondrá bien! —empezó a respirar agitadamente—. D-de acuerdo, iré allá lo más pronto que pueda...

Colgó el teléfono, se lo guardó en su bolso y sus lágrimas caían sin control. Me asusté y la abracé.

—¡Ségolène...! ¿Qué pasa, reina?

—Mi padre... mi padre ha tenido un derrame cerebral, está en coma muy grave en el Hospital de Marsella y dicen que nunca volverá a despertarse... —estalló en un mar de lágrimas como un tsunami.

Yo también empecé a llorar mientras la abrazaba con fuerza.

—Ánimo, reina, amor... sabes que te quiero un montón... Ánimo.

—Lo sé, lo sé... Yo también te quiero un montón, siempre me has ayudado... Pero con lo de mi padre, no sé cómo me podrás ayudar...

Agatha y Angélique se acercaron, muy preocupadas. Se las veía también asustadas por esta repentina mala noticia.

Nos fuimos juntas las cuatro a casa, a recoger unas cosas para irnos inmediatamente al aeropuerto hacía Marsella. El avión tardó una media hora, nos acogieron los parientes de Ségolène, una hermana y una cuñada.

—Hola, Marion; hola, Giovanna... os presento a mi novia Valentina.

—Hola, Valentina, encantadas de conocerte —me saludaron cordialmente las dos.

—Gracias. ¿Qué se sabe del estado del padre? —contesté.

—Continúa igual, en estado grave. Os podemos llevar al hospital.

—De acuerdo —dijo Ségolène, con una voz apagada por la tristeza.

Llegamos al hospital, y allí estaban la madre y un hermano de mi novia. Con la expresión en la cara de que no hay esperanza.

Y para confirmar mis temores, aparecieron un médico del hospital y una enfermera. Aunque ya sé que sus expresiones más habituales son serias, no se me ocurría que nos dijeran ninguna noticia optimista.

—Buenas tardes, señora Aurillac. Soy el Doctor Rossi, que atiende a su marido —dijo con un marcado acento marsellés.

—¿Ha mejorado mi marido, doctor? —preguntó la madre, con una pequeña esperanza.

—Pues... yo... —no sabía cómo empezar a hablar.

—¿Qué...? ¡Dígalo...!

La enfermera decidió explicárselo todo sin tapujos, y trató de decirlo con educación y ternura, pero lo que dijo fue terrible:

—Señora Aurillac, lo siento... su marido ha muerto hace cinco minutos. Hemos intentado reanimarlo, pero ha sido imposible...

Con una tenacidad increíble nos explicó el fatal desenlace. Aunque parecía que también se pondría a llorar, como nosotros.

Ségolène estalló a llorar, la madre también e igualmente su hermano. La hermana y la cuñada que estaban detrás, también. Yo traté de estar más tranquila, pero aquello, la muerte del padre de mi maravillosa novia, tampoco podía parar mis lágrimas.

Abracé a Ségolène, destrozada emocionalmente. Aquellos minutos fueron los peores de mi vida por que afectaban a alguien próximo a mí y a una persona querida, como mi novia. Y no podía hacer nada para resucitar a su padre. Si fue para ella igualmente un golpe fuerte la muerte de su abuela, una de las que más le apoyó cuando se declaró lesbiana, ahora su padre también la espichaba.

Pasaron varias horas cuando se formó la capilla ardiente con el ataúd del padre. Ségolène dijo que no podía ir a trabajar a Paris por la muerte de su padre. En mi trabajo también me concedieron permiso para acompañar a mi novia en aquellos terribles momentos.

Fuimos a uno de los más importantes cementerios de Marsella para el entierro del padre. Yo y Ségolène llevábamos gafas de sol, vestidas con chaqueta negra y cogidas del brazo. Tuvo las fuerzas para coger un puñado de tierra de la tumba de su padre para lanzarla dentro cuando el ataúd ya había sido colocado en el fondo.

También depositó una rosa roja que dejó caer sobre el ataúd. Yo veía que mi novia hacía un esfuerzo sobrehumano para no llorar mucho. Su familia actuaba igual que un autómata.

Pasaron dos días más hasta que volvimos a Paris en avión. Ya les habíamos dicho a su familia que pronto nos casaremos. Nos felicitaron y quizá irán a nuestra boda. Ahora hace falta decidir si será en Paris, en Marbella o bien en Saleux.

CAPÍTULO VII

Ha pasado una semana y poco a poco se anima Ségolène, sobre todo gracias a su novia, yo misma, que me he esforzado en que tenga más fuerzas.

Y vuelve a ser la Ségolène con alegría de vivir, o la que tiene iniciativas amorosas conmigo, y eso me alegra mucho.

Hoy mismo hemos ido a hacer *jogging* por uno de los parques de Paris más próximos a nuestra casa. Hemos corrido más de un kilómetro. Acabamos casi muertas de cansancio, jadeando sin poder hablar casi nada, sin poder articular una palabra entera entre los jadeos. Apoyamos nuestras espaldas contra un árbol muy frondoso, que casi nos ocultaba del resto del planeta.

Pero Ségolène se animó a darme un abrazo y un beso. De repente, todo aquello me gustó mucho, me sentí como las chicas del manga yuri que tienen besos robados o repentinos: es decir, la chica que da el beso cierra los ojos, pero la otra se queda con los ojos abiertos, quizá por que no se lo esperaba o diciendo que ya era hora de que le diera un beso.

El ejemplo más surrealista que vi en un manga yuri de esta clase de besos fue en *After School,* en donde Ichika besa a Siika como agradecimiento. Siika se sorprendió y no cerró los ojos. Todavía más: frunció el ceño, parecía incómoda, aunque está enamorada de Ichika, pero no le gustan mucho los besos si no es ella misma quien lleva la iniciativa. Me hizo gracia. Parecía que suplicaría a todo el mundo: *"Por favor, que alguien venga a despegarme esta tía de mi boca".*

Yo pensé que Siika no sabe lo que quiere, si está enamorada de su amiga, ella debería ponerse bien contenta si ella le besa, esto en una pareja o el principio de un enamoramiento es un gran paso adelante, no como el que decía Neil Armstrong cuando pisó la Luna: *"Un pequeño paso para el Hombre, pero un gran paso para la Humanidad"*. Siika se dejaba llevar por un comportamiento algo tóxico, perjudicial para el amor, y no se daba cuenta.

Ichika se dio cuenta y le pidió perdón. Entonces, Siika tomó la iniciativa, sonrió y le dio un beso intenso a Ichika. Siika es una especie de sargento del Ejército, le gusta mandar en todo, hasta en los besos.

Pero yo no soy ningún sargento ni tampoco me gusta mandar cuando mi novia y yo nos besamos. La dejo que lleve la iniciativa si quiere, que después yo tomaré las riendas del amor.

El beso, con nuestras lenguas desbocadas y un hilillo de saliva que caía hacia debajo de mi boca, era intenso. No nos habíamos acordado de que estábamos en un parque, nos podía ver todo el mundo. Abrí un poco los ojos, miré a izquierda y a derecha, y vi que no había nadie. Ségolène había abierto los ojos. Volví al beso y pensé que aquello tendría una continuación en nuestra casa, ya que habíamos sudado un poco después del *jogging,* y quizás tendríamos una sesión de ducha con final feliz, aunque para nosotras el final feliz ya lo tenemos por que somos pareja y nos amamos mucho.

Cuando se acabó el beso, mi chica entrelazó los dedos de su mano izquierda con los míos de mi mano derecha, puso su cabeza contra mi pecho y me dijo con una dulce voz:

—Te quiero, Valentina.

—Te quiero, Ségolène —le contesté con el mismo tono de voz, y le acaricié el cogote con la mano que tenía libre.

Nos quedamos viendo el buen día que hacía, la vegetación del parque e incluso mirando hacia el horizonte, como una metáfora de nuestro futuro inmediato, un amor en común que seguía vivo, y que muy pronto continuaría como un matrimonio.

CAPÍTULO VIII

Un día fuimos las dos a casa de Agatha, en el distrito parisino de Saint-Denis. Nos había invitado para r a una galería en donde ella exponía varias fotografías suyas de temática social.

Casi todas eran fotos hechas por ella misma. En blanco y negro o en color. En ellas reconocemos varios lugares africanos. Y algunas de ellas eran con parejas de mujeres besándose, sea concentradas en sí mismas o mirando a cámara sonriendo y las manos detrás de los hombros.

—Algunas de estas mujeres eran amigas mías en mi país natal —dijo Agatha—. Fueron arrestadas por la Policía de Kenia debido a su orientación sexual. Desde entonces, su vida ha sido un infierno, sobre todo por culpa de sus parientes que las repudiaron.

Otras fotos eran también de denuncia, varios tipos de denuncias por las innumerables injusticias de la sociedad de cada uno de los más de cincuenta países del continente africano. No hace falta decir que algunas de ellas me impresionaron mucho, por su fuerza y crudeza sin tapujos.

—Pues hemos pensado Angélique y yo que podríamos casarnos con vosotras, es decir, con vosotras, tu hermano y su novio —me dijo Agatha.

—¿Sí? Bien, podríamos hablarlo con mi hermano, a ver qué opina… —dije yo, que no me esperaba esta decisión o iniciativa. No me desagradaba para nada, hay que decirlo.

Charlamos sobre varios asuntos y después nos fuimos. Siempre con sonrisas en nuestros rostros. Después cambiamos las sonrisas por expresiones más serias.

—Ahora quiere casarse con su novia a la vez que nosotras y mi hermano —dije yo.

—Pues no pasa nada, cariño. Tres parejas que quieren casarse, pues adelante –dijo Ségolène, sin mucho entusiasmo.

—Sí, es cierto. Además, ellos son del colectivo LGTBI como nosotras. Debemos respetar su decisión.

Nos fuimos a nuestra casa, y al día siguiente, cada una a nuestros trabajos. En mi trabajo, como pasó en la primera novela, hice de traductor del italiano para un cliente que no sabía francés.

Agnès, mi compañera de trabajo, me trajo un paquete que decía que era para mí y mi novia cuando nos casemos. Lo abrí y vi que era un pasaje de avión y hotel para las islas griegas, concretamente la isla de Lesbos.

—Muchas gracias, Agnès. Es un honor para nosotras, pero es demasiado... Te habrás gastado mucha pasta.

—No, estaba en oferta, pero una oferta de las serias, nada de engaños. Mi marido y yo lo comprobamos todo tres veces.

La abracé y le di las gracias. La isla de Lesbos tiene mucho simbolismo para nosotras las lesbianas, de aquí salió nuestra denominación. También otra denominación, sáfica, por la poetisa Safo, la cual fue de las primeras en defender el amor entre mujeres, que no quería decir que excluía a los hombres, sino que las que sentían amor por otra mujer, pues adelante.

Guardé el billete y el documento de acreditación, que podía pasarlo a mi nombre y el de mi novia. Cuando llegara a casa, se lo enseñaría. Ségolène me habló varias veces de cómo es de simbólica la isla de Lesbos para ella y muchas amigas lesbianas. Nunca ha ido, yo tampoco. Me explicó que un día, unas chicas de Barcelona llevaron allí las cenizas de una chica que se había suicidado por que la acusaban injustamente de haber tirado una piedra que dejó en estado vegetativo a un policía. La atacaron por que era lesbiana y con una estética fuera de la estética burguesa. Una historia terrible, no sólo por el policía en estado vegetativo, sino también por la chica maltratada. Aquello de que ella reciba sepultura o de que sus cenizas sean esparcidas por la isla de Lesbos demuestra que de verdad es un símbolo.

También me explicó Ségolène la historia de una mujer española, de Málaga, no recuerdo el nombre, que estaba enamorada de otra mujer, que alguien mató a la hija de la segunda y acusaron injustamente a la mujer lesbiana. Los medios de comunicación españoles masacraron casi literalmente a esta mujer, le hicieron la vida imposible y después se demostró su inocencia. Pero la atacaban sólo por ser lesbiana. Parecía que todavía había el tópico de la lesbiana asesina sólo por eso, por no ser hetero. Me dijo mi novia que dijeron algunos que les sorprendía que aquella mujer era una lesbiana que no se parecía en nada a las lesbianas de las películas porno. Esto me horrorizó. Yo, ni siquiera cuando era una mujer hetero, pensé jamás que una lesbiana fuera como en el cine porno. Conocía a unas cuantas y eran muy diferentes.

Telefoneé a Ségolène y le dije la buena noticia.

—¿De verdad...? —se maravilló, con su bonita voz—. Dile que muchas gracias a Agnès. Te gustará la isla de Lesbos, Valentina. Me han dicho que es una isla preciosa.

—Me lo imagino, y muy simbólica para nosotras. Me he acordado de aquellas historias que me contaste.

—Estoy emocionada, cariño, con nuestra boda... —soltó una especie de suspiro.

—Yo también, reina. Quiero ser feliz contigo...

—¡Pero si ya eres feliz conmigo, tres años!

—Pero aún más.

—Por supuesto. Nunca dejemos de aumentar nuestro amor.

—Anda, ni que el amor fuera una especie de *soufflé.*
—Lo que sea. ¡Te quiero, Valentina!
—Yo también.
Nos lanzamos besos a través del teléfono y colgamos.

CAPÍTULO IX

Llegué a casa y decidí poner un poco de música. Puse *I Follow Rivers* de Likke Li, que popularizó la película *La vida de Adèle,* con su toque que te hacía mover los pies y los brazos como cuando mi chica y yo vamos a la discoteca. Y ahora decimos la letra en inglés, con nuestra facilidad para las lenguas.

"Te lo suplico, ¿puedo continuar?
Oh, te lo pido, por que no estás siempre
El océano en donde yo me puedo desahogar.
Ser el único para mí, ser el agua en donde puedo atracar
Tú eres mi río encrespándose
Profundo, desenfrenado
Yo, yo continúo, yo te sigo
En mar abierto, mi vida, yo te sigo
Yo, yo continúo, yo te sigo
Hasta el cuarto oscuro, yo te sigo
Él, un mensaje, yo soy la mensajera
Él es un rebelde, yo soy la hija que te espera
Tú eres mi río encrespándose
Profundo, desenfrenado..."

Como una especie de bailarina de discoteca o una especie de John Travolta femenino en *Fiebre del sábado noche,* me moví como una bailarina experta, quiero decir de las bailarinas modernas. Mis movimientos eran sensuales, y Ségolène, en la discoteca, no se podía estar impasible del todo. Y menos aún si inmediatamente el DJ pinchava la canción *Sweet Dreams* de Eurythmics. Entonces es ella quien baila frenéticamente y como una bailarina todavía más experta y sensual.

No puede faltar *Another one bites the dust* de Queen, que sonará justo después de estas dos. Y si añadimos *Bad* de Michael Jackson, en donde yo misma, como soy de cabellos más oscuros, puedo hacer de Jackson. A veces me parece que todo el mundo nos mira, como diciendo que qué coño hace esta tía.

Llegó Ségolène y se añadió al baile. También se movió como Michael Jackson. Me gustaba mucho. Mi chica, igual que hizo cuando bailamos juntas la música del tema *Audrey's Dance* de la serie *Twin Peaks,* empezó su bale con maestría, adaptándose a la música como la mejor de las bailarinas de la danza moderna. Yo me adapté igualmente a su estilo.

Michael Jackson, desde la tumba, quizás nos inspira y nos da fuerzas. Como en el baile moderno, el estilo y la técnica pueden ser libres, entonces la cosa podía hacerse como nosotras queríamos.

El baile tuvo un final parecido al nuestro de *Twin Peaks.* Nos abrazamos y besamos. Ségolène me empotró contra la pared y continuó el beso, más intenso. Ella llevó la iniciativa todo el tiempo y yo no tenía ningún problema, otras veces soy yo la que manda.

Las lenguas de las dos ya iban descontroladas dentro de las bocas. Y las manos de ambas también descontroladas contra nuestros pechos. Ella me tocaba los míos y yo los suyos. Las lenguas, no introducidas del todo en las bocas, dejaban caer gotitas de saliva. Los jadeos cada vez eran más elevados en volumen.

Cuando mi 32 aniversario, Ségolène me hizo un bonito regalo haciendo realidad una tierna y amorosa escena de la serie *Dickinson,* en donde Emily Dickinson y su cuñada, que tuvieron un amor secreto, se metieron en la bañera plena de pétalos de rosa. Ségolène hizo lo mismo y disfrutamos de aquella bonita estampa.

Pues mientras ahora mismo estábamos dándonos un largo beso, y con los ojos cerrados, moví la mano para tocar una estantería de libros, que como en otra escena de *Dickinson,* los libros fueron tocados a ciegas por mí y se cayeron uno sobre otro como fichas de dominó. Otro homenaje a la serie.

Nos excitamos mucho, y decidimos ir a la cama corriendo. Nos quitamos la ropa e hicimos el amor con la pasión de un Fórmula 1. Decididas a dejarnos llevar lejos por la pasión amorosa, ahora era yo quien llevaba la iniciativa, comiéndome los pezones de los maravillosos pechos de mi novia, casi mordiéndoselos, pero sin morder nada. Con una mano tenía cogido uno de los pechos, y con la otra hacía pequeños círculos sobre el clítoris, el cual se hinchaba poco a poco, entre los jadeos de Ségolène.

Todavía no le metía los dedos en la vagina, quería esperar un poco. Aquella especie de prólogo excitaba mucho a mi chica, que me acariciaba las mejillas con sus manos. Me incorporé un poco para que ella me comiera los pechos. Ahora soy yo quien está al borde del orgasmo. Su lengua era infalible con los puntos de mi cuerpo que ella sabía que me provocaban placer y orgasmos.

Mientras ella me hacía subir el placer al máximo con los pechos, yo buscaba con la mano su vagina, que con el clítoris ya estaban mojados, bien mojados, y metí un dedo. Ségolène soltó un grito, y como ella se excitaba, yo también pasé a un estadio alto de excitación. Simultáneamente tuvimos cada una el primer orgasmo.

Nuestra pasión sexual subió el tono a muchos grados y continuó muy alta cuando hicimos un *69,* con Ségolène encima de mí y yo debajo. Yo la agarraba por la cintura y mi lengua no dejaba ningún centímetro cuadrado sin lamer de su clítoris, mientras ella hacía lo mismo con el mío. Mientras subía el orgasmo en mi interior, mi lengua iba más frenética en su tarea de comerse el clítoris de mi novia. Nuestros jadeos iban más potentes, más agudos, sin detención. Escuché a Ségolène parándose de vez en cuando al lamerme para jadear, y también me miraba con una mirada de súplica, de que le comiera su coño más rápido. Todo esto nos salió espontáneamente y sentí cómo sus fluidos me salpicaban la cara cuando tenía su orgasmo, y me imagino lo mismo cuando fui yo quien me corrí con un placer estratosférico.

Pero las mujeres tenemos la suerte de que cuando tenemos un orgasmo, podemos continuar hasta el siguiente, y otro, y otro... No digo que sea un montón de orgasmos casi de récord mundial, pero aquella noche sentíamos que podíamos llegar hasta esa cifra. Tuvimos otro orgasmo con el *69,* y después ella me hizo un beso negro, que me excitó mucho. Remató su tarea sexual con un dedo introducido en mi culo. Hacía mucho tiempo que no tenía una sensación parecida, desde que rompí con mi ex novio.

CAPÍTULO X

Busco un libro en las estanterías y cojo uno de Simone de Beauvoir. Una de las mujeres que más hizo por descubrir nuestra auténtica sexualidad, que pudiéramos liberarnos de verdad y que ahora ya no seamos aquellas mujeres sumisas o demasiado dependientes de los caprichos de los hombres, quiero decir de los hombres malos y prepotentes, no de los hombres buenos que nos respetan a las mujeres.

Hojeo *El segundo sexo,* y encuentro frases ciertas e incisivas. Elijo algunas de ellas:

"El Hombre se levanta sobre el animal al arriesgar la vida y no engendrarla. Por esto, la Humanidad da la superioridad al sexo que mata y no al que da la vida".

"Ella también encuentra en el corazón de su ser la confirmación de las pretensiones masculinas. (...) Su desgracia fue haber sido consagrada biológicamente a repetir la Vida, cuando ante ella la Vida no lleva en sí misma sus razones de existir, y esas razones son todavía más importantes que la vida en sí".

"Poco a poco, el Hombre ha mediatizado sus experiencias, y como en las representaciones y como en la existencia práctica, finalmente ha triunfado el principio macho. El espíritu le ha hecho triunfar sobre la Vida, la trascendencia sobre la imanencia, la técnica sobre la magia y la razón sobre la superstición. La desvalorización de la Mujer representa una etapa necesaria en la Historia de la Humanidad, por que su prestigio no venía de su valor positivo, sino más bien de la debilidad del hombre; en ella se encarnaban los inquietantes misterios naturales: el hombre escapa de su autoridad cuando se libra de la Naturaleza".

"Así, el triunfo del Patriarcado no fue por un azar ni tampoco el resultado de una evolución violenta. Desde los orígenes de la Humanidad, su privilegio biológico ha permitido a los machos afirmarse ellos solos como sujetos soberanos y nunca han abdicado de este privilegio. (...) Asimismo, es posible que si el trabajo productor hubiera continuado proporcional a la medida de sus fuerzas, la mujer habría efectuado la conquista de la Naturaleza con el hombre. (...) Lo que fue terrible es que por no haberse convertido en una compañera de trabajo para el obrero, ha sido excluida del Mitsein humano: esa exclusión no se explica por que la mujer sea débil y con una capacidad productora inferior; el macho no reconocía en ella un ser semejante por que ella no participaba de su forma de trabajo y de pensar y por que permanecía sujeta a los misterios de la vida; (...) La voluntad macho de expansión y dominación ha convertido la incapacidad femenina en una maldición".

Hoy tenía ganas de reflexionar sobre la vida, la forma de ser humana... muy lejos de lo que nos enseñaron a las mujeres. Tuve la suerte de que mis padres quisieron una educación diferente para mí, y también para mi hermano.

Por cierto, mis padres ya saben lo de mi futura boda con Ségolène. Y también la de Julien con Mahmoud. Cuando lo conocieron, les cayó bien. Curiosamente, lo de ellos con mis progenitores fue aún más rápido que cuando mostré al pueblo que tenía una novia y no un novio.

El libro de Simone de Beauvoir lo dejo otra vez en la biblioteca. Leí hace tiempo dos novelas policíacas de Manuel Vázquez Montalbán sobre su personaje del detective privado Pepe Carvalho. Él tenía una costumbre: leer un libro y cuando ya lo había acabado de leer, rompía sus páginas y las utilizaba para encender el libro de la chimenea. Era curioso, pero yo sólo tiraría al fuego los libros que ya no me interesaran para nada, o bien se los regalaría a otras personas.

Llegó Ségolène y buscó entre los libros que ella se trajo de su antigua casa. Muchos de ellos eran libros de autoras de novela lésbica. Eligió un libro reciente, *Hoy hablaré de Sarah* de Pauline Delabroy-Allard. Es una historia de amor apasionada entre dos mujeres, y su autora, hija de un escritor, hizo un juramento: empezar también a escribir, pero cuando cumpliera los 30 años de edad. Diferentes editoriales rechazaron su novela, con toques autobiográficos, ya que una de las mujeres es madre soltera y profesora, como ella misma. La otra mujer de la ficción, la Sarah del título, es violinista y excéntrica.

Es un libro con un planteamiento diferente a los demás, ya que empieza con capítulos muy cortos y frases escogidas, que me recordaban al libro *Camino* que escribió el fundador del Opus Dei, secta de la Iglesia con la cual nunca comulgué (casi literalmente) por su ultraconservadurismo.

Ségolène buscó entre varios libros y encontró uno que estaba escrito en inglés, *Annie on my mind* de Nancy Garden. Un libro que ya tiene casi 40 años desde su publicación. Su autora describió un personaje de una chica adolescente y lesbiana sin tapujos. Varios institutos de los Estados Unidos prohibieron la novela, incluso sufrió ser quemada públicamente en Kansas, parecían aquellas hogueras con libros prohibidos de los tiempos de la Inquisición o la Alemania nazi. Su estilo es de novela juvenil.

Francia también tiene clásicos de la novela lésbica, escrito por mujeres, lesbianas o bisexuales, que se atrevieron a desafiar haciendo una descripción de las convenciones de su tiempo. Violette Leduc, la vida de la cual la recuerdo de la película sobre su vida, escribió varias novelas inspiradas en vivencias propias, pero también supo mostrar la auténtica sexualidad. Mi novia me mostró un libro que tenía guardado como una especie de tesoro, *Thérèse e Isabelle,* publicado en Francia en la década de 1950 y que sufrió la censura. El año 2000, casi 30 años después de la muerte de la Leduc, fue publicado sin censura. Dos chicas adolescentes en un colegio interno tienen sus primeros amores, y esto incluye uno entre ellas mismas.

Mahmoud, el novio de mi hermano, me mostró a un escritor magrebí homosexual, Abdelá Taia, y a una escritora también magrebí y lesbiana, Fatima Daas. Ambos, pese a su orientación sexual, son creyentes musulmanes y han aprendido a compatibilizar ambas cosas, creer en Alá y amar a una persona de tu mismo sexo. Eso sí, ella tiene un pseudónimo, nunca dice su auténtico nombre.

Mahmoud no es muy creyente. Respeta cuando sus parientes musulmanes no comen carne de cerdo, él tampoco, y cuando celebran el Ramadán, mes sagrado en donde durante el día, desde el amanecer hasta el anochecer, no pueden comer, beber, fumar, tener sexo ni ninguna otra cosa que nos dé placer. Trata de amar a Julien como ha amado a otros chicos desde que descubrió su orientación sexual. Por esto, nunca pudo tener éxito entre las mujeres, tuvo varias novias, musulmanas y cristianas.

Ségolène, de repente, sacó un libro que tenía en su colección. Uno totalmente inesperado. Era *50 Sombras de Grey.* Nunca he tenido el más mínimo interés en leerlo.

—No me digas que tienes este libro y que encima te lo has leído —dije yo con una mezcla de ironía y bronca suave.

—No, reina, no me lo he leído. Es que me lo regaló una buena amiga, y no quería decirle que no me gustaba nada, ya que es un regalo y eso es sagrado.

—Muy bien... ¿Pero te gustó, sí o nada?

—Ya te he dicho que no lo he leído. Bien... —soltó un suave suspiro— ¿Qué quieres que haga con él?

—No sé... El detective Pepe Carvalho, de les novelas de Manuel Vázquez Montalbán, tenía la costumbre de leerse un libro y después utilizar sus páginas para encender el fuego de su chimenea.

—Pero no me gusta quemar un libro. Ya han quemado mucha Literatura lésbica, en donde no se hacía daño a nadie, sólo se hablaba de amor entre mujeres.

—Pienso lo mismo. Bien, supongo que lo mejor será regalárselo a una amiga a quien le guste el género BDSM —sentencié.

—Sí, mejor.

Y lo devolvió al lado de la estantería en donde estaba.

CAPÍTULO XI

De vez en cuando hay agresiones homófobas. Todavía no demasiadas como desgraciadamente pasa en Europa del Este, sobre todo en los países más homófobos, como Rusia, Polonia y Hungría.

Hemos encendido la televisión y hablan de agresiones homófobas en España, y una manifestación ultraderechista en uno de los barrios _GTBI más importantes del país, Chueca en Madrid, con gritos exigiendo que los *"maricas"* sean expulsados *"de nuestros barrios"*. Yo me quedaba alucinada. ¿Los barrios son de su propiedad? ¿Desde cuando? ¿Qué coño quiere esta gente? ¿En Francia harían lo mismo en el barrio parisino del Marais?

Y cambiando de canal, aparece Angelina Jolie. Quizá la actriz bisexual más famosa del mundo. Ella tuvo varias novias mientras estaba con sus maridos. Ahora dice que ama a los hombres, no a las mujeres, aunque dice que si cualquier día se enamora de otra mujer, no habrá ningún problema. Pienso que hay que aplaudir su sinceridad.

Ségolène me dice que había soñado más de una vez con Angelina Jolie. Y que le daba envidia cuando tenía a alguna de sus novias, por que podía ser ella misma. No había pensado en disfrazarse de Brad Pitt, ella no quiere usurpar el lugar de nadie. Me recuerda que en España se entregó un premio literario muy importante y se descubrió que la escritora ganadora era tres hombres ocultos bajo un pseudónimo femenino.

Pero mi novia, que tiene muchas ideas en la cabeza, de vez en cuando piensa en hacerse escritora. Yo la animo, no hay para mí una chica más maravillosa que ella misma. Ella me ha cambiado la vida, bien, yo también a ella, ambas salíamos de un cruel desengaño, y ahora ella quería probar en escribir algo, un libro, un cuento, lo que sea.

—Podría escribir sobre nuestra relación amorosa —me dijo—, desde mi punto de vista, claro, y en primera persona. Esto es más íntimo, y ayuda más a que los lectores se identifiquen con lo nuestro.

Me lo contó con mucha seguridad y fe en lo que decía. Yo estaba de acuerdo.

—Me parece genial, amor mío —respondí—. ¿Empezarás desde el mismo día en que nos conocimos, o quizá cuando estabas en el instituto y ya veías que te gustaban más las chicas?

—No sé...Quizás desde que era una niña, ya que entonces empezaba a ver a las chicas como algo más que amigas y me sentía muy extraña.

—Sí, como lo que contaba Fiódor Dostoievski en *Nietochka Nezvánova* —le recordé una novela del maestro ruso, un retrato femenino en donde la protagonista recuerda su vida y el episodio en donde se enamoró platónicamente de Katia, la hija de unos aristócratas, la cual también se enamoró de ella, y ambas no se daban cuenta de que aquel amor era más bien algo semejante al amor lésbico, con abrazos y besos nada inocentes.

—Ya, pero no seré tan gráfica en esto como Dostoievski. El amor entre mujeres cuando son adolescentes es más fácil de explicar que el amor entre niñas, mucho más inocente.

Mi novia demostraba que sabía diferenciar entre el amor infantil y el adulto. Sonreí.

Dos días después, cuando volvía del trabajo, Ségolène abría su ordenador portátil (cada una tenemos uno) y empezaba a escribir. Parecía que tenía facilidad para escribir rápido y no se estaba demasiado tiempo, luego tenía tiempo para su chica, que soy yo. No la molestaba cuando escribía, sé que eso es sagrado para cualquier escritor.

Pero le pregunté una cosa, que tenía curiosidad.

—Amor, quería preguntarte algo: ¿los personajes se llamarán como nosotras o tendrán otros nombres?

—Sí. He pensado que esto puede enriquecer la narración, que no sea demasiado encorsetada y tenga más cosas de mi imaginación.

—Muy bien. ¿Qué nombres has pensado que empiecen por las letras V y S?

—Em... para ti, Valérie me parece bonito. Y para mí, creo que Solange.

Solange también es bonito, le di la razón. Y poco común, así la gente se acordará más del personaje.

No le pregunté si hablaría de su antigua relación amorosa con Angélique, la ex novia de mi hermano Julien. Que haga lo que quiera. Si habla de su vida, aunque sea ficción, que cuente todo. Además, Angélique no se podrá quejar, ya que saldrá con otro nombre.

Y tampoco sé si hablará con detalle de sus rupturas amorosas, ya que además de los enamoramientos y la pasión, también existen las rupturas. Aunque éstas se olvidan si conoces a otras mujeres.

Esta es una parte de la tarea de escritora, que algunas de ellas confían a sus parejas leer el texto y ver si hay errores antes de enviarlo a una editorial y publicarlo, aunque me han dicho que también se puede autopublicar un escritor en varias plataformas de libros. No debes padecer la tiranía de las editoriales y que te ordenen cómo has de escribir o promocionar tu obra.

CAPÍTULO XII

Sególène se puso a escribir mucho, rápido, como dije, y con las ideas muy claras. El tecleo insistente de sus preciosos dedos sobre el teclado del ordenador parecía a veces el sonido de las palomitas de maíz cuando estallan en la olla que hacen que unos simples granos de maíz acaben con un color blanco.

Cuando acababa un capítulo, entonces hacía algunas correcciones rápidas y me lo enseñaba. Me sorprendió que empezó la novela con la noche en donde sorprendió a su ex novia con un hombre, poco antes de conocerme. Me imagino que quería decir que justo después de aquella odisea, me conoció y cambió su vida. Bien, y la mía.

Ya os expliqué cómo fue aquel día, pero ella, en la ficción, hace que sea otro y más literario.

"Después de un día de trabajo, llego a mi casa. Espero ver a mi novia Bérenice, pasar la noche con ella, disfrutar con su ternura y sus besos.

Pero es nada más entrara en la casa y oigo unos ruidos típicos de una película porno, jadeos exagerados, una parte de ellos los conozco por que es la voz de mi novia, pero los demás son de una voz grave, parece de hombre… Mi intuición me hace detenerme, casi para quedarme paralizada.

Entro en la habitación y me encuentro la boca de mi novia con una especie de palo dentro de ella. Un palo que era el pene de un hombre, guapo y atlético. Mi ilusión se estropea en décimas de segundo. Mi amor por ella también.

Mi novia me engañaba con un tío. Mi novia, que conocí en una reunión lésbica y que se comía con la mirada a todas las chicas y que finalmente me traicionó, charlamos y en un rato le di un beso, me llevó a su casa para enamorarnos más íntimamente. Fue hasta entonces mi mejor relación sexual y amorosa, una combinación perfecta y poco común.

Ella se dio cuenta y se fue con el tío aquel. Dos días más tarde, cogió sus cosas. El vacío que quedó en la habitación fue insoportable.

Aquella noche tuve un sueño, o mejor dicho una pesadilla. Veía a Bérenice en la ducha y parecía que la estaba filmando una cámara de una película erótica. El agua le resbalaba por todo el cuerpo, las gotas caían de sus pechos, ella se pasaba las manos por todo el cuerpo y el cabello, su largo cabello castaño ahora aplastado por el agua. El mismo cuerpo que adoré durante muchos meses de pareja, digamos.

Pero como si toda aquella maravillosa visión fuese de repente un remake de Psicosis de Alfred Hitchcock, se abrió la cortina de la ducha y aparecí yo misma con un enorme cuchillo. Bérenice se asustó y gritó como Marion Crane en la película.

Se escuchó el tema musical de los violines histéricos de Bernard Herrmann, y yo estaba preparada para masacrar en mi sueño a mi ex novia. El cuchillo en el aire y preparado...

Pero no pude hacer nada. El cuchillo apuntaba al cuerpo de Bérenice, totalmente asustada y llorando desesperada. Yo empecé también a llorar, por que no sabía qué coño estaba haciendo. Odiaba a mi ex por su traición, por ponerme los cuernos con otra persona... pero no quería matarla.

Me arrodillé, arrepentida, y al final dejé caer al suelo el cuchillo. Mi ex salió de la ducha y me abrazó, suplicándome con su voz suave:

—Por favor, Solange, no llores... perdóname.

Y me besó en la frente. Alcé mi mirada a ella, tímidamente, y vi a una chica dulce que con sus grandes ojos me perdonaba. Yo no podía todavía parar la catarata de lágrimas.

Nos abrazamos. Cogí una toalla para ella por que estaba empapada. Bérenice se tapó con ella. Fuimos a la cama, y antes nos dimos un intenso beso. Sin dejar de besarla ni siquiera abrir los ojos, me quitó poco a poco la ropa. Abrí los ojos y jadeando de emoción me dejé quitar el jersey y el sostén…"

Dejé por un momento la lectura, pues me fascinaba y a la vez me excitaba. Vi una exposición sincera y sin tapujos de una pasión a la cual una traición, como la que sufrí con Jean-Philippe y su amiguita, hizo imposible en la vida real. Ahora estaba viva otra vez en un sueño recreado en la novela de mi novia. Continúo:

"Con una rapidez digna de un malabarista de circo, Bérenice me quitó el cinturón y dejó que mi pantalón bajase hasta los tobillos. Esto nunca me pasó en la vida real, los pantalones caían más despacio, como una repetición de un gol del Paris Saint-Germain. Fui sacando las piernas de los pantalones y me quité la ropa que quedaba: bragas y calcetines.

Bérenice me cogió de las manos y me dejé caer hacía atrás. Acabé sobre la cama. Gemía de la emoción, le dejaba mi clítoris para que lo contemplara en versión íntegra sin censuras.

Ella lo comprendió, me sonrió dulcemente, con sus ojos brillantes de felicidad, acercó su boca a mi clítoris y su lengua lo atacó. Mis gemidos fueron saliendo con violencia, dicho en el buen sentido. Sus manos acariciaron todo mi vientre y muslos, mientras los orgasmos me venían uno tras otro con una precisión sin fallos.

Me agarraba a los costados de la cama con las manos, por que mi placer era de los que pocas veces había tenido en la vida real, *precisamente con ella misma. Me habría gustado que después del sueño, Bérenice hubiera vuelto conmigo, quedándome el consuelo de este sueño. Yo quería desesperadamente, con este sueño, perdonarla de su traición y volver a ser una pareja."*

Me vinieron ganas de aplaudir. Mi chica había escrito un bonito himno al amor, pero del de verdad, sin ningún toque cursi. Le dije que estaba correcto, no hacía falta ninguna corrección.

Dos días más tarde, me dio un capítulo que recreaba el día que nos conocimos. Dice que fue el día más feliz de su vida. Ya somos dos las que pensamos lo mismo. Cambia algunos detalles, pero me gusta mucho su versión.

"La música de Steve Miller Band y su Abracadabra *me decían que aquella noche podría tener una magia especial, en donde cambiaría mi vida y conocería el amor, el amor de verdad...*

Si no, tengo que ser como uno de aquellos pistoleros solitarios de los westerns de Sergio Leone en versión lésbica y no caer rendida. La música de Ennio Morricone en Once upon a time in the West *y la obsesiva armónica era muy clara..."*

Yo me acuerdo de aquella maravillosa noche, ya os lo he contado varias veces. No entraba yo con el propósito de un pistolero solitario que entra en un *saloon* a beber algo. Entraba por que unos pensamientos lésbicos extraños me decían que me hacía falta cambiar de vida, romper frontalmente con lo anterior. Ségolène pensaba lo mismo.

Nuevamente hago una pausa y después seguiré leyendo su versión del momento más importante de nuestras vidas, y que en poco tiempo se convertirá en una boda entre ella y yo.

CAPÍTULO XIII

Empiezo a leer el capítulo en donde yo misma y Ségolène nos conocimos. Y me sorprende la inventiva e imaginación de mi novia, pues hace que todo aquello tenga una nueva perspectiva.

"Cuando Valérie y yo nos dimos el primer beso, tierno y apasionado, con las lenguas de las dos fuera de todo control, nos rompió la alegría una llamada telefónica a su móvil. Por un momento me cabreé un poco y mi amiga también.

Escuché que era un ex novio de ella, que quería pedirle perdón, pero ella se negó. Le desafió, digamos. Él se cabreó de una manera, digamos, cómica, casi patética, de ópera bufa.

Me imaginé que Valérie y yo tendríamos un enfrentamiento contra aquel hombre igual que en un western de Sergio Leone y la música antes mencionada de Ennio Morricone. Ya sé que era dos contra uno, pero actuamos con coraje. Nuestras miradas eran como las de Clint Eastwood o Charles Bronson, y aquel hombre no era Lee Van Cleef, no hacía falta. Más bien parecía una parodia de los malos de los westerns italianos.

Trató de sacar la pistola antes que nosotros, pero Valérie sacó antes la suya, y con un tiro le rozó la mano e hizo que la pistola acabara cayendo al suelo. Su expresión fue de pánico.

Y como yo veía que quería reaccionar y coger nuevamente su arma, saqué la mía y otra vez vio que no podía ganar aquella batalla con mi disparo. Acabó huyendo, humillado, avergonzado.

Nos abrazamos muy contentas. El hombre se marchó con el impulso del viento que se llevaba bolas de paja y mucho polvo. Esto era una metáfora de cómo nuestro amor empezaba en ese momento, que el pasado ya no volvería."

Me pareció genial la metáfora del antiguo Oeste, aunque era la versión italiana del mismo, para mostrar nuestro amor. El amor que empezaba.

El talento de mi novia para describir situaciones tiene toda clase de matices, incluso los cómicos, saber sacar de lo más cómico de la vida cotidiana, sin caer en lo grosero.

"Recuerdo cuando Valérie y yo fuimos a un baile de disfraces Nos encontramos al ex novio de mi novia, la novia actual de él e incluso a una amiga mía con la cual tuve un rollo amoroso, que encima era la novia del hermano de mi novia. Qué lio, ¿no?

Nos pusimos unos disfraces de la Reina Cleopatra de Egipto y de Tom Sawyer. Yo era el inmortal personaje de Mark Twain. Mi novia estaba bellísima como la reina egipcia que supo seducir al todopoderoso Julio César, que por supuesto fue muy diferente a como hemos visto sus relaciones en los cómics de Astérix.

Llegó mi ex, Angèle, la cual se había disfrazado de Adolf Hitler, con bigote y todo. Valérie y yo la saludamos y nos salió una especie de gag como en la película Ser o no ser *de Ernst Lubitsch.*

–Heil Hitler!

–Heil Hitler!

–¡Heil yo misma!"

Me partí de risa. Pensé lo mismo, y Ségolène lo ha hecho realidad en la ficción. Continúo con otro fragmento inspirado en nuestras vacaciones o *viaje de novias* que hicimos a las Islas Marquesas.

"Valérie y yo tuvimos un maravilloso despertar en las sábanas de la cama de aquel hotel y aquellas maravillosas vistas del paraíso. Yo estaba dormida, pero mi novia me despertó con un tierno beso en el lado

izquierdo de mi cuello. Todavía con los ojos cerrados, sonreí y dejé ir un suspiro. Mi chica me dio un segundo beso en el cuello, esta vez en el lado derecho. Ahora sí que me gustó mucho y me di la vuelta para coger su cabeza con mis manos para darla un profundo beso, con la lengua disparada hasta el esófago. Nuestros cuerpos desnudos nos excitaban para empezar un sexo salvaje.

La pasión era muy alta y le sugerí:

—¿Follamos?

—¿Ahora? ¿Otra vez? —parecía algo contrariada—. Pero, mi amor, ya follamos mucho anoche. ¡Tres veces! —me lo remarcó mostrando tres dedos de la mano—. Tuvimos tantos orgasmos, que eso parecía un partido de balonmano.

—¿Balonmano? —dije yo—. ¡Yo creía que era baloncesto! —le guiñé un ojo.

Las dos reímos.

Quise jugar con ella pese a todo, y la cogí otra vez.

—¡Ven aquí!

—¡Huy, qué mala eres!

Nuestras bocas entraron otra vez en colisión para un beso. Mi mano empezó a tocarle el pecho a mi novia. Ella gimió.

Sin que ella pudiera reaccionar, mi lengua fue hasta uno de sus pezones. Esto la excitó.

Y sin que antes me diera cuenta, pero sí ahora, sentí una especie de cosita dura que se metía en mi vagina. Era un dedo de Valérie. Empezaba a tener húmeda la entrepierna. No, húmeda es poco: inundada, empapada. Mientras seguía comiéndome un pecho de ella, su dedo hacía que muy pronto yo tendría un orgasmo, y así fue. Contraataqué con un dedo, pero que fue rozando el agujero de su bonito culo. Gimió con esto.

Acto seguido, hice que se diera media vuelta y le toqué las nalgas con las manos para separarlas y comerme con la lengua su pozo rosado de atrás. Valérie gimió todavía más. Una de mis manos no se estuvo quieta y con ella le toqué un pecho. El pezón estaba duro y sentí que se movía como temblando. Ella también tuvo un orgasmo."

Ségolène cambió lo que pasó de verdad, que fue que no hicimos el amor demasiado tiempo por que teníamos que visitar la isla, demasiada pasta nos había costado el viaje, y además, ya habíamos disfrutado muchísimo con el sexo la noche anterior. Pero queda muy bien que también tuviéramos sexo a la mañana siguiente.

Ahora leo un momento que me gustó mucho, muy bonito y que ambas disfrutamos: cuando vimos la serie *Dickinson,* el momento en donde la gran poetisa se enamoró de su cuñada e imitamos una de sus escenas más logradas.

"*Valérie y yo veíamos la serie* Dickinson, *y además de sorprendernos con aquella historia de amor desconocida entre ella y su cuñada, que ojalá la hubieran tenido, por que nosotras dos la podemos tener con total libertad en el Occidente del siglo XXI, nos inspiró dos formas de amarnos con pasión, que copiamos de una manera u otra.*

Llenamos la bañera con agua caliente, esparcimos pétalos de rosa sobre el agua y nos metimos dentro las dos. Como la Dickinson y su cuñada, nos pusimos juntas, cabeza con cabeza, y nos dejamos llevar por la pasión y el amor.

Mi lengua atacó su boca, la cual se abrió inmediatamente para dejarla entrar, y yo sentí su lengua que hacía lo mismo en mi boca. Y nuestras manos practicaron submarinismo para llegar cada una a nuestros clítoris, las cuales bajo el agua nos dimos caricias que nos llevaron al orgasmo. Hizo falta también que algunos dedos de las manos acabaran dentro de las vaginas, para perfeccionar más la estimulación, y llegamos a un clímax maravilloso.

Lástima que no tuviéramos ninguna fotógrafa que nos hiciera una foto en la bañera, con las manos entrelazadas y dándonos un nuevo beso con los ojos cerrados. Esto no podíamos hacerlo nosotras mismas, ocupadas en hacernos ninguna selfie, demasiado concentradas en llegar al placer máximo, la máxima ternura...

Todo esto nos sirvió para hacer llegarnos nuevos orgasmos, por que las manos recorrieron nuestros cuerpos de arriba abajo y nuestros besos cada vez eran más pasionales. Nos quedamos un rato hasta que el agua empezó a enfriarse."

Qué ternura tiene Ségolène con sus personajes, aunque seamos ella y yo bajo la ficción y nombres cambiados. Todavía me acuerdo de aquella maravillosa noche en la bañera, hemos hecho varias veces en tres años de pareja lo del sexo en la ducha y en la bañera, pero aquella noche fue insuperable.

CAPÍTULO XIV

Ségolène había escrito mucho de nuestra vida en la ficción, y me gustaba mucho su versión. No hacía bromas de mal gusto sobre ello, bien al contrario, nos mostraba como una pareja de verdad, feliz de verdad, la orientación sexual no importaba para nada. De esto falta en todas partes.

Acabé de leer toda la novela y me encantó. Le dije que pocas cosas había que cambiar. Sólo unas cuantas faltas de ortografía y alguna incoherencia.

Decidimos irnos un fin de semana hasta una playa del Mar Mediterráneo. Fuimos cerca de Marsella, la tierra natal de mi novia. Nos pusimos los bikinis y tomamos el sol en una playa llena de gente. Como había niños, no podíamos cogernos de la mano ni tampoco besarnos, así que decidimos irnos a una playa solitaria cerca de allí.

El calor veraniego nos estimuló. Allí ya podíamos besarnos tanto como quisiéramos. Tuvimos ganas de quitarnos los bikinis y bañarnos desnudas, pero antes nos aseguramos de que no había nadie mirándonos, ningún degenerado que se excita viendo a dos lesbianas bañándose desnudas.

Nos bañamos después de sacarnos los bikinis y siempre vigilando que no había nadie que además nos pudiera robar la ropa y el dinero. Jugamos en el agua disfrutando de nuestra libertad de mujeres enamoradas. Nos tiramos agua a la cara, hicimos el muerto sobre el agua, y al salir nos tumbamos sobre las toallas. Ségolène me puso crema solar en la espalda y el vientre, yo le hice lo mismo a ella.

Cada una sobre su toalla y nuestros cuerpos desnudos iluminados por el sol, nos dimos la mano y entrelazamos los dedos. Nos habíamos puesto gafas de sol y nos quedamos dormidas un pequeño espacio de tiempo.

La tranquilidad de la zona era inmensa. Sólo el ruido de las olas, suaves en aquel momento, ya que el Mar Mediterráneo estaba totalmente tranquilo.

—Valentina...

—¿Em...?

—¿Me amas?

—Por supuesto que sí, amor. Te quiero.

—¿Mucho?

—¿Qué es esto, un interrogatorio policial del Sarkozy cuando fue Ministro del Interior, no? Mucho, te quiero mucho.

Esta conversación la tuvimos como autómatas, como quien dice algo igual que lo hace un robot. No para tomarle el pelo a la otra, sino por que nos habíamos relajado al sentir la luz del sol bronceando nuestros cuerpos. Ya habíamos ido al paraíso cuando visitamos las Islas Marquesas, tuvimos la suerte de encontrar allí algunas playas solitarias, en donde una pareja lésbica pudiera vivir su amor sin censuras dignas de la Edad Media.

Ségolène es de las que más se animan a hacer algo fuera de las normas, y más sobre su orientación sexual, que también es la mía. Cinco minutos pasaron, y yo que tenía los ojos cerrados, sentí que la mano con la que tenía cogida la maravillosa mano de mi novia recibía besos de alguien, de unos labios muy suaves, e incluso sentí que alguno de los dedos era lamido por una boca. Abrí los ojos y vi a Ségolène, con su fantástico cuerpo expuesto al sol, comiéndome un dedo, casi literalmente.

—Reina, ¿qué haces? —le dije sonriendo, y apenas fingiendo que no sentía nada con aquella chupada de dedo que me hacía, que poco a poco me excitaba y sentía húmeda mi entrepierna.

—Nada, amor. Disfrutar de ti...

—¿De mi...? ¿Qué soy, un helado de fresa? —me puse irónica.

—¡¡¡Jajajajajaja...!!! —estalló en risas. Yo también reí.

—Ven aquí, preciosa —extendí mis brazos para se acercase y por que quería besarla.

Aceptó, sonrió deliciosamente (los ojos, no lo sé, por que los tapaba las gafas de sol) y se acercó hacia mí. Nuestro beso fue genia . Nos abrazamos muy fuerte para que el beso fuera más profundo y apasionado.

Estuvimos un rato más hasta que pensamos que ya debíamos vo ver al hotel. Nos vestimos y fuimos andando hasta el pueblo vecino en donde pasábamos el fin de semana.

Ya en el hotel, nos dejamos llevar definitivamente por la pasión. No queríamos hacer el amor en la playa, una fantasía sexual que todavía tenemos pendiente y que queremos hacer de una manera diferente a como se ve en las películas. Haremos el amor en nuestra habitación.

Ségolène me dijo que no nos duchemos antes de tener sexo. Que deberemos sentir, si nos comemos la una a la otra, cómo sabe la sal de la agua marina e incluso los restos del aceite bronceador. Dije que de acuerdo, que el aceite ya ha sido absorbido por la piel y que no nos puede hacer nada.

Nos desnudamos y yo me puse de rodillas para abrir su clítoris y sentir no solamente su maravilloso sabor, sino también el del agua marina, una combinación muy interesante.

Mi lengua se fue metiendo en el clítoris de mi chica y ésta se fue excitando, con sus manos acariciándome en la cabeza. Un minuto y Ségolène empezó a temblar, a gemir cada vez más fuerte y llegar al orgasmo con una sensualidad y un grito que me fascinaron.

Mientras mi novia me acarició la cabeza con las manos y con su respiración aún agitada, yo lamí su vientre con la lengua y me gustó mucho su sabor a salitre.

Creo que me desboqué sexualmente y mi lengua subió por el vientre de Ségolène hasta sus pechos, para pasar la punta de la lengua por el pezón izquierdo. Las manos de mi chica seguían con sus caricias mientras disfrutaba con nuestra pasión.

Yo tenía todo el rato los ojos cerrados, me guiaba por el tacto, y cuando intuí que estaba cerca de la boca de Ségolène, con la ayuda de los brazos, le abracé y le di un beso con lengua bien profundo. Ella recibió este regalo como uno de sus mejores regalos de cumpleaños... aunque no era su cumpleaños.

Tuvimos una tarde de pasión, ya que a mí me hizo ella lo mismo, lo cual disfruté muchísimo, con los mejores orgasmos de mi vida, y eso que con mi chica siempre llevan garantía de calidad, así después iríamos a cenar con gusto y luego fuimos a bailar a una discoteca. Buscamos una para mujeres como nosotras, y tuvimos suerte, había una discoteca con hombres y mujeres LGTBI. Así podíamos bailar y besarnos cuando quisiéramos. Ojalá cualquier persona que amase a otra pudiera expresar lo mismo.

CAPÍTULO XV

Hablé con Ségolène para organizar el día de nuestra boda. Asimismo, le recordé que dos parejas más se casarían con nosotras, por que también son LGTBI: mi hermano Julien con Mahmoud, y Angélique con Agatha. Le pareció una gran idea.

—Me parece muy bien, guapa, ¿pero en dónde celebraremos la boda? —su sonrisa era radiante.

—No lo sé todavía... tenemos que charlarlo todo con ellos. Los seis tenemos que ponernos de acuerdo. Eso sí, nada de boda de cuento de hadas o de Sissi Emperatriz. No me gusta nada.

—No te preocupes, a mí tampoco.

Antes oigo el teléfono móvil. Es Julien, que me llama.

—Hola, hermanito. ¿Cómo estás?

—Muy bien. Quería preguntarte si nuestras bodas conjuntas serán muy caras o más bien sencillas.

—No te preocupes. Odio totalmente lo demasiado caro, me gusta más una boda sencilla. Además, nuestras bodas son diferentes, no hace falta decir por qué —hice un poco de ironía.

—Exacto. ¿Has pensado celebrarlas en el Ayuntamiento de Amiens, el de Paris o bien el de Marsella, por que tu novia es de allí?

—Pues... no sé. Casarnos en el Ayuntamiento es más bien frío. Había pensado en la casa de campo de mis padres, y sin demasiados invitados.

—Como que somos hermanos, Julien, es lo mismo que yo pensaba.

Me paré un momento y le hice una pregunta:

—Julien, ¿cómo iréis tú y tu novio?

—Pues con chaqueta, pantalones y corbata. Bien elegantes y sencillos a la vez. Mahmoud lo hará mejor, seguro, él podría haber sido modelo

Me imaginé al chico, y es cierto, es guapísimo, tiene una naturalidad que no tienen los modelos masculinos. Y además, con su sonrisa, creo que mi hermano tuvo mucha suerte.

Por cierto, Julien leyó una parte de la novela de Ségolène y le gustó mucho, cree que será un éxito. Él le mandó un borrador de su relación con Mahmoud para el libro, y mi chica lo ha aceptado.

—Valentina, tu hermano tiene talento, siento mucho que no aproveche esto para una novela y no como un borrador para la mía.

—No te preocupes, él dice que quiere que la metas en la tuya. También dice que otro día ya escribirá una novela propia.

—Pues dile que muchas gracias, aunque también le diré que gracias por WhatsApp y Telegram.

El borrador era un pequeño resumen, con algunos diálogos, de su vida amorosa con Mahmoud desde que se conocieron en el bar gay. De cómo los dos se ayudaron a aceptar su nueva vida, sobre todo Julien, pero Mahmoud consiguió dejar atrás su terrible sensación de marginado, ya que si en los países musulmanes los homosexuales son perseguidos, en Occidente hay algunos que no se diferencian en nada de ellos, como en Polonia y Hungría. En el primero, queman banderas LGTBI y califican automáticamente de pedófilos a los homosexuales sólo por serlo.

Ségolène, además, hojeó una pequeña encuesta que sacó de Internet, de una página web del Perú y que tiene una página en las Redes Sociales, *Emma y yo,* con una profesora que enseña educación sexual en su país y es una encuesta que sacó resultados muy curiosos e interesantes: si una joven pareja de adolescentes es de dos chicas, entonces el 65 % de ellas llegan al orgasmo; pues si es una pareja de chico y chica, pues sólo el 7 % de ellas tiene la misma suerte.

Las dos pensamos que esto no quiere decir para nada que los hombres sean unos inútiles para el sexo y que las chicas sólo tengan garantizado disfrutar con el sexo si es con otras chicas. Es que las mujeres conocemos mejor nuestros cuerpos, y los hombres no saben nada o no les dejan saberlo. Los machos prepotentes creen que si se preocupan demasiado en que las chicas disfruten del sexo, entonces no son hombres de verdad, ya que creen que sólo por ser hombre, ya conseguirán que las chicas disfruten. Es decir, lo que se decía en los westerns, primero disparas y luego preguntas.

Ségolène añadió el relato paralelo de mi hermano y su exposición del amor con Mahmoud me pareció tierna. Por ejemplo, cuando hicieron el amor por primera vez. Ségolène adaptó esto a su estilo.

"Jacques y Mehmet entraron en su habitación de la casa compartida. Parecía que no había ningún problema con las orientaciones sexuales de los inquilinos. También hay alguna chica, la cual trae lo mismo chicos que chicas.

La habitación tenía una decoración que se parecía un poco a Oriente Medio, o bien la decoración que vemos en las telenovelas turcas. Ambos se sentaron al borde de la cama.

Jacques parecía inseguro. Quizá por que era su primera vez. Pero también quería dar ese paso, se sentía muy atraído por aquel guapo chico y algo misterioso que le hacían venir extrañas sensaciones en el vientre.

Mehmet se dio cuenta y le cogió tiernamente de la mano. Acercó la cabeza a la de Jacques, el cual se dejó de puritanismos y cuando vio cerca los labios de su amigo, pues los atacó con los suyos. Mehmet abrazó a su amigo y el beso se disparó en su pasión. Primero labios contra labios, pero Jacques sacó la lengua para pedir entrar, y el beso fue directo. Las manos de ambos se fueron a acariciar el vientre de cada uno, y suavemente se posaron sobre su entrepierna, que poco a poco se puso dura.

El beso era todavía más salvaje, y Mehmet hizo que con su abrazo, Jacques quedara sobre él. Éste se atrevió a meter la mano por dentro de la camiseta de su amigo. Se deleitó en acariciar el vientre y los pectorales. Así que Mehmet se animó y se quitó la camiseta.

Jacques vio que era una especie de aviso de que un striptease empezaba. Poco a poco se desnudaron los dos, y como Jacques todavía era un novato en esto, fue Mehmet quien le ayudó a quitarse todo lo que todavía llevaba puesto. Los calzoncillos fueron quitados por el mismo Jacques, ya que no quería parecer cobarde.

Mehmet atrajo a Jacques hacia la cama, en donde entraron cadenciosamente. Jacques se puso encima del otro. Las manos de su amigo recorrían la espalda y el culo, y esto le excitaba. Siempre sonrió, y esto le ayudaba a encontrarse a gusto. Todo le agradaba de él: sus caricias, sus sonrisas, su ternura, su dulzura…

No hablaban mucho, no charlaban mucho. No hacía falta. Si el final de todo aquello era el sexo, pues para empezar no hacía falta charlar mucho. Como Mehmet vislumbró un poco de nerviosismo en su amigo, le sugirió un masaje. Esto excitó a Jacques y el resto salió con sencillez…"

Aquí hemos leído los prolegómenos, y después empezó una sesión de sexo y pasión.

"Con Jacques de espaldas sobre la cama, y viendo su bello cuerpo desnudo, Mehmet cogió una botella de aceite de masajes y después de esparcir un poco en sus manos, las empezó a pasar sobre la bien formada espalda de su amigo. Poco a poco, el líquido hizo que la espalda tuviese una especie de iluminación y convirtiera aquel momento en más sensual, por la luz de la lámpara del techo.

Jacques cerraba los ojos y su expresión era de placer, de felicidad absoluta. No era la primera vez que recibía un masaje de alguien, ya lo había recibido de sus ex novias, pero las manos de Mehmet eran especiales, parecían muy expertas en el arte del masaje y de alcanzar la satisfacción.

Mehmet volvió a sonreír, también él era feliz por que le gustaba mucho su amigo y quería hacerlo feliz dentro de todos los matices de la palabra felicidad.

—¿Qué tal, Jacques? ¿Te encuentras bien?

—Muy bien... —dijo él, como en una especie de sueño, con una voz entre dormido, satisfecho y sensual.

—¿Te gusta?

—Muchísimo.

La palabra mágica estaba excitando a Mehmet. Sentía como su pene se agrandaba poco a poco, e incluso alguna gotita se escapaba de su interior, parecido a los fluidos vaginales de las mujeres cuando ellas se excitan. Pero supo conservar totalmente la tranquilidad y seguir con el masaje.

Ahora se dio prisa con el cuello de Jacques, con las manos a cada lado del mismo. Con suavidad, sin prisa alguna. Jacques, que no había expresado mucho que se encontraba excitado, soltó una especie de suspiro o jadeo. Mehmet siguió con el cuello y ahora bajó un poco por la espalda, y con un ritmo más lento, pasó un dedo entre las nalgas de su amigo. Volvió Jacques a suspirar. Un suspiro que se parecía a un gemido sexual.

—¿Y ahora...?

—Muy bien... Lo haces muy bien... Sigue, por favor, sigue. Me gusta mucho. Dios, el mejor masaje que me han hecho jamás.

Jacques gozaba mucho. Relajado y excitado a la vez. Su respuesta parecía una súplica de que quería todavía más placer.

Mehmet, entonces, se atrevió y acercó sus labios al cuello de Jacques. Le dio besos suaves, mientras acariciaba la espalda con las manos. Entonces, Jacques giró la cabeza para mirar a su amigo, y Mehmet le acercó los labios para besarle.

Mehmet cogió el rostro de Jacques con las manos, y así el beso fue más pasional. Los dos se abrazaron con fuerza, colocándose uno encima del otro...

Mehmet repartió besos en el vientre de Jacques, bajando poco a poco, hasta llegar a la polla. Estaba excitado, y por lo tanto tenía la polla en erección. Mehmet se la metió en la boca y rozaba suavemente los testículos con una mano. Jacques jadeaba con aquella genial mamada.

Así que Jacques se animó y cambiaron los papeles: fue él quien le hizo una mamada a Mehmet. Admiró la belleza de su miembro y lo disfrutó con mucho amor. Aquella primera noche de sexo y amor entre ellos tuvo la calificación de 9".

CAPÍTULO XVI

Me quedo una vez más admirada de la sensibilidad de mi novia cuando describe una escena como ésta. Además, rompe con los tópicos y las etiquetas: una mujer lesbiana también puede describir sin ningún problema una relación amorosa y sexual de otros géneros, no sólo los amores lésbicos. La relación entre dos chicos que describe, me imagino que con la ayuda del borrador que Julien le dio, así descrita es maravillosa. Las mujeres también sabemos apreciar una relación entre dos hombres, es igual de bonita que entre dos mujeres.

Y lo mejor de todo esto es que Ségolène consigue que cuando leo la escena, no parezco para nada una mujer que mira a dos hombres teniendo sexo desde fuera, no cae en ningún momento en los tópicos más machistas de aquellas películas eróticas de hace décadas, en donde las escenas sexuales entre dos mujeres, nunca entre dos hombres, parecían hechas nada más que para la satisfacción masculina y no para la femenina. Entiendo que algunas directoras del cine porno hicieran películas porno lésbicas por su cuenta, con actrices que sólo trabajan con mujeres. Y todo esto, por cierto, mucho antes del porno feminista.

El texto que Ségolène adaptó era ya pasión en estado puro, por supuesto, ya era una relación sexual sin masaje. Ahora prefiero dejarlo para otro día y pasar a más preparativos de la boda.

Miramos las vacaciones para cada una de las parejas. Si mi novia y yo elegimos la isla de Lesbos, Angélique y Agatha eligieron el mismo lugar. Julien y Mahmoud escogieron la ciudad californiana de San Francisco, por supuesto una de las capitales gays del planeta.

Decidimos que vendría un funcionario del Ayuntamiento de Saleux, mi pueblo natal, para celebrar la boda múltiple. Se haría, como dijimos, en la casa de campo de mis padres, en el mismo pueblo. Tendremos que revisar la lista de invitados, ya que vendrían de las familias de cada uno. Mi familia, la familia de mi novia, y por parte de Mahmoud y Agatha, sólo los parientes que no tengan prejuicios contra ellos por su orientación sexual, ya que muchos parientes de él ya no tienen relación alguna, y Agatha tiene la misma suerte con muchos parientes en su Kenia natal. En Francia tiene algunos primos y primas que son más afrancesados, y por lo tanto, más evolucionados. También vendrán amigos y amigas de Saleux, de nuestra familia y míos, como Sylvie y su novia.

El escenario, o algo parecido, será sencillo y nada complicado. Supongamos que vendrán unas 20 personas, o 30. Tendremos que alquilar sillas para que ellos se sienten, y no queremos poner sillas de plástico. Deben de ser sillas buenas, pero no como las del Palacio de Versalles.

La música será grabada, que tendremos en un CD de música, ya que sale caro alquilar un DJ o una orquesta. Además, no queremos ninguna canción hortera o puritana.

Todavía falta elegir nuestros vestidos. Cuando leo de nuevo el manga yuri *Citrus,* veo los preciosos vestidos blancos de Mei y Yuzu. Asimismo, pienso de vez en cuando en llevar vestidos distintos, algo rompedores. Pero no hace falta, ya que Julien y Mahmoud irán con chaqueta, pantalones y zapatos negros, camisa blanca y corbata de un color todavía indeterminado. Y Angélique y Agatha todavía no han elegido sus vestidos, pero ya nos han dicho que serán diferentes a otros vestidos de boda. Nos fiamos de su buen gusto, ya que la ex novia de mi hermano ya demostraba que sabe elegir su ropa.

Decidimos distraernos un rato y encendemos la televisión. No sabemos por qué, ya que es difícil disfrutar con la televisión en abierto. Tenemos suerte, ya que un canal programa la película *C'est la vie,* de los mismos directores de *Intocable,* que precisamente habla de los preparativos de una boda, con una inmensa estructura entre invitados, músicos, camareros, cocineros y el resto. Muchos de ellos, más bien inútiles, estropean la comida al desconectar la cámara frigorífica y toda clase de cosas mal hechas, que harán que la boda, aunque al final acaba bien, se convierta en un lugar surrealista digno de Louis de Funès.

Además, el novio es un pedante insoportable que aburre a los invitados con un discurso pesado e interminable, que hacía que a su lado, los discursos de siete horas de Fidel Castro parecieran un telegrama. Uno de los camareros era ex novio de la novia, así que pensé que si es una película francesa, cuernos asegurados. Pues no. La novia no abandonó a su prometido y se casó con él, aunque estuvo él a punto de sufrir un accidente por la incompetencia de algunos miembros del equipo de catering.

Al final, el camarero y otro volvieron a casa a pie, un poco para pagar sus pecados: el segundo fue quien desconectó la cámara frigorífica, por lo cual se estropeó la comida e intoxicó a algunos miembros de la orquesta. El primero, por intentar inútilmente recuperar a su ex novia.

Tenemos suerte de que gente como ésta no estará en mi boda, ni en la de mi hermano ni tampoco en la de su ex. La comida la encargaremos a gente de confianza de Saleux que mis padres conocen de toda la vida, gente responsable y apta.

Ségolène miraba varios vestidos de novia para alquilarlos desde su Tablet. Con el dedo, pasaba páginas y no parecía nada convencida. Me pedía que las dos deberemos mirarlo, ya que son nuestros vestidos, nos casamos juntas, no cada una por su lado.

Ella estaba sentada en el sofá, y yo me senté a su lado izquierdo. Vimos unos bonitos vestidos blancos que me recordaban mucho, como dije antes, a los de las chicas de *Citrus*. No sabemos si llevaremos velo en la cabeza, como ellas llevaron, pero también tenemos claro que nuestros peinados no serán recargados ni tampoco estrafalarios. Quizá nosotras nos recogeremos el pelo, pero nada de moños, que no somos porteras de edificio.

Lo que hagan las otras dos parejas, es sólo de ellos y ellas. Miro el calendario y todavía quedan dos meses. Siento un poco de nerviosismo, Ségolène también, se nota cada vez que mira los vestidos. Es nuestro deseo consumar juntas nuestra felicidad, cada pequeño detalle. Esto es una constante de las películas francesas, los pequeños detalles, que parecen no tener nada de importancia, pero que la tienen, y mucho.

CAPÍTULO XVII

Volvamos a la novela de Ségolène, y he aquí un episodio autobiográfico poco conocido, al menos por mí, ya que nunca me habló de ello. No habla mucho mi novia de su vida amorosa, pero los fragmentos que ahora reproduzco, que parecen la versión lésbica de un vodevil francés, muestra cómo mi chica se enamora de muchas mujeres diferentes, hasta de esas que no sabéis si son convenientes para ella, o se deja llevar por la pasión sin importarle si la otra chica la llevará por un camino arriesgado.

"Unos días de estos que dejé a la última novia y fui por libre, fui hacia un bar lésbico del barrio parisino del Marais. Una chica rubia como yo me puso los ojos encima, mirándome nada más entrar como si estuviera en una clase de Anatomía.

Las camareras del bar pusieron una música vitalista que todas las chicas presentes podíamos bailar. La chica rubia como yo se puso a bailar, y como llevaba una chaqueta vaquera, se la quitó poco a poco mientras bailaba con mucha sensualidad, cogía la chaqueta por una manga y gritaba al son de la música.

—¡¡¡Yuhuuuuuuuu!!!

Parecía una chica de los bares de los Estados Unidos en donde se pone música country, que yo visité más de una vez y e donde también conocí a chicas interesantes, ya que aquello parecía la versión lésbica de Brokeback Mountain.

Se quedó con una camiseta de tirantes de color rojo, pantalones vaqueros largos y zapatos sin tacón. No dejaba de mirarme. Yo sentía que había ligado, lo cual me encantaba, ya que ella también me gustaba.

Pero no había pensado antes que ella, con mucha habilidad, agarró su chaqueta vaquera por las dos mangas y me rodeó con ella, atrayéndome hacia ella misma. Cuando me di cuenta de ello, ella ya me estaba abrazando y dándome un beso en la boca de los que me gustan mucho.

Como si esto fuera un manga yuri, ella cerraba los ojos mientras me besaba, pero yo todavía los tenía abiertos, por que no me creía aquello que me pasaba. ¡Una chica guapísima, el sueño de cualquier lesbiana, que te atrae hacia ella y te da un beso fantástico!

Me dejé llevar por aquel beso hipnótico y maravilloso, cerrando los ojos. Su lengua me devoraba la boca con devoción, y yo trataba de responder con lo mismo. Creo que dejé de oír nada alrededor. Sólo oía mi respiración alterada y la de la chica, y con los ojos cerrados nos convertimos en dos chicas ciegas, en sentido metafórico.

Abrimos los ojos y vi una sonrisa maravillosa de aquella chica, mirándonos fijamente. Me llevó hacia un rincón, más íntimo, y allí me puso contra la pared para volver a rodearme con sus brazos. Sus besos me tenían totalmente hipnotizada…"

La sensualidad de mi novia en la descripción de aquel ligue de discoteca era impresionante. A mí me pasó lo mismo con un chico en una discoteca, yo sólo tenía 18 años y tomé la iniciativa para ligármelo. Continúo, ya que esta trama promete:

"Estoy en la gloria amorosa, ya que no sólo existe la gloria religiosa o la gloria deportiva. Estoy dándome besos interminables con una diosa. Y eso que no creo en Dios, me hice agnóstica al ver que la Iglesia margina a las mujeres, y mucho más a las que son lesbianas y no entendemos el Matrimonio como hay que entenderlo según ellos.

Aquella diosa rubia me provocaba cosquillas por todo el cuerpo, pero cosquillas de amor. Notaba extraño mi clítoris, creo que estaba empapado por la excitación.

—¿Cómo te llamas, preciosa? —me preguntó cuando bajó el ritmo de los besos.

—Solange —dije, sin mucho aire en los pulmones.

—Bonito nombre, me gusta. Yo me llamo Neela.

—El tuyo también es bonito. ¿De dónde es?

—Es de origen indio. Es como se dice al agua del mar.

Como siempre me ha gustado esto de la India y su fascinante cultura, este nombre referente además al mar y a mis ojos, me dejé conquistar por Neela. A pesar del nombre, ella es occidental.

Me dijo que podíamos ir a su casa. Acepté. Estaba cerca de allí. Quería pasar una noche más íntima con Neela.

La noche de pasión con Neela fue de cuento de hadas. Hicimos el amor sin freno. Tuvimos desde un 69 hasta penetraciones con juguetes eróticos, que ella utiliza y que yo nunca utilizo.

Pero recordaré para siempre nuestro 69, con su lengua introduciéndose en mi húmedo clítoris y que me sacó el mejor orgasmo de aquel mes, y yo lamiendo el suyo, que tenía un sabor inolvidable. Además, la suavidad de su piel y su buen olor eran estimulantes para que la noche fuera de las grandes.

Repetí otros días con aquella fascinante chica. Después del sexo apasionado, tuvimos una conversación interesante. Tocamos toda clase de temas. Mientras yo colocaba mi cabeza sobre su precioso vientre, en donde de vez en cuando dejaba besitos, ella me hablaba con una bonita voz, la voz que me enamoró.”

Me encantaba la dulzura de ellas dos. Pero como pasa a veces, el cuento de hadas o los días buenos acaban o cambian. Y de una manera totalmente brusca.

“Un día, Neela y yo estábamos en la cama con una nueva sesión de sexo, y yo le comía su maravilloso coño con gusto, cuando se oyó un extraño ruido fuera de la habitación.

Mi amiga se asustó. Y dijo algo totalmente inesperado por mi...

—¡Dios mío, mi novio!

—¿Cómo dices...? —puse cara de espanto fingiendo, esperando que todo aquello sólo fuera una broma.

—¡Mi novio Rodolphe! ¡No me había dicho que venía!

—¿Por qué no me habías dicho que tenías novio? ¿Por qué? —le metí una bronca en voz baja—. ¿Qué coño eres tú, una heterocuriosa?

—No, Solange, es que somos una pareja abierta y yo soy bisexual.

Rodolphe, su novio, se sorprende cuando entra en la habitación y nos ve a las dos desnudas en la cama. Pero sorprendentemente se disculpó, como si hubiera llegado y molestara.

—¡Huy, disculpa, Neela, no sabía que tenías compañía!

—No, amor, no pasa nada —responde la chica sin problemas. Se levanta de la cama y se acerca a su novio, abrazándolo. Me excitaba viendo a Neela desnuda, cuyo cuerpo había disfrutado antes en la cama.

Aquella situación parecía de aquellas películas eróticas de los años 1970, con la chica desnuda y el chico todavía vestido. Rodolphe era muy guapo, alto y apuesto. Si no fuera yo lesbiana, podría soñar en follar con él.

—Rodolphe, te presento a Solange —dijo Neela a su novio, sin dejar de abrazarlo. Me sentía un poco celosa, al ver a mi chica con otra persona, y encima un hombre.

—Encantado, Solange —dijo él con una dulce voz.

Como que Neela no se tapó, yo tampoco me tapé con las sábanas.

Neela se besó con su chico y aprovechó para meterle mano por debajo de la camiseta. El chico le puso las manos a ella tocándole el culo, aprovechando que estaba desnuda. Me puse otra vez celosa, ya que aquel maravilloso culo lo quiero para mí.

La chica se dio cuenta y me miró. Rodolphe, que era un buen chaval, se volvió a disculpar.

—Perdona, Solange, no es de buena educación por nuestra parte dejarte fuera. ¿Neela, qué te parece si me desnudo y hacemos un trío?

¿Un trío? Me excita, pero hay un pequeño problema: yo soy lesbiana, no puedo besarme con él, sólo con ella.

—Me gustaría mucho. ¿Espero que no te molestará, no? —me dijo él.

—Pues... Rodolphe, soy lesbiana. No puedo follar contigo, sólo con tu novia. No te ofendas. Si yo fuera hetero, follaría contigo también con mucho gusto —le dije sinceramente.

—Entiendo, no pasa nada. Bien, yo también soy bisexual. Alguna vez he follado con algún chico.

Sonreí, tenía la suerte que era con una auténtica pareja abierta.

Al final nos decidimos a hacer un trío, pero respetando totalmente mi lesbianismo. Ellos follaron mientras yo me masturbaba, y después Neela folló conmigo, con Rodolphe masturbándose. Es decir, rompimos con un tópico de las películas porno: si dos chicas follan, el hombre penetra a la chica que tenga sexo con la otra.

Nosotros supimos llevar esto muy bien, y así yo no me sentía excluida ni tampoco marginada. Rodolphe se excitó cuando yo me metía dos dedos en la vagina, y yo cuando fue él que se tocaba la polla.

Os explico todo esto como prueba de que los tríos son muy sanos, siempre que se respeten unas normas, y en nuestro caso, era que yo soy lesbiana y no puedo tener sexo con chicos, y eso que en mi instituto había muchos muy guapos. Pero sólo me gustaban las chicas, me gustan ahora y me gustarán siempre.”

Me gustó mucho. Mi novia y futura mujer es una gran escritora, sensible y que rompe con los tópicos muy sutilmente. En la ficción, ha sabido participar en un trío con otra chica y un chico sin dejar de ser lesbiana. No ha tenido que hacer lo que se le obliga a las mujeres, sobre todo a las que no se dejan avasallar por las imposiciones machistas y homófobas: tener que follar con un hombre en la cama.

Y el chico, que es moderno y también bisexual, se limitó cuando ellas tenían sexo a masturbarse viéndolas. Esto es lo que las mujeres debemos hacer cuando vemos a una pareja hombre-mujer follando. Mi aplauso.

CAPÍTULO XVIII

Las tres parejas de la boda múltiple, es decir, yo y Ségolène, Angélique y Agatha y Julien y Mahmoud, tuveron varias reuniones para preparar cosas de aquel día.

Decidimos ya definitivamente que la canción de la boda, para romper con tópicos y no utilizar *La Marcha Nupcial* de Félix Mendelssöhn, sería el tema principal de Ennio Morricone para la película *Por un puñado de dólares* de Sergio Leone.

Mi hermano y su novio decidieron que mejor para ellos es la canción *J'ai le droit aussi* de Calogero, la cual ya cité en el segundo libro, y me parecía una buena elección. Angélique y Agatha eligieron *Ta Reine* de Angèle, la que oímos Ségolène y yo cuando oficialmente salimos del armario en Saleux durante aquella quedada lésbica. También una buena elección. Las dos son grandes canciones.

Eso sí, nos hartamos de reír cuando oímos algunas canciones o músicas descartadas.

Agatha nos mostró *La Marcha Imperial* de John Williams para la película *El Imperio contraataca* de la saga *Star Wars*. Yo dije:

—¡Por favor, para eso! ¡Esa música para Marine Le Pen, para cuando se vuelva a casar!

Carcajada general.

Otra que nos hizo reír fue la música de la serie del cómico inglés Benny Hill, pero no hacía falta para nuestra boda, ya que ésta es seria. Ya oiremos esta música cuando vayamos a hacer *footing*.

Tampoco aceptamos la fanfarria de las películas de *Rocky*, donde Rocky Balboa subía por unas escaleras en Filadelfia. Nunca me gustaron estas películas, me parecían carcas y fascistas, sobre todo *Rocky 4,* rodada bajo la Presidencia de Ronald Reagan.

Casi todo lo que tenía relación con nuestras bodas ya estaba decidido y preparado. Del catering, como dije antes, se encargará gente de Saleux, no demasiado caro y que saben preparar una comida sencilla y de calidad.

Pasaron dos meses y llegó el gran día. Los seis estábamos con un nerviosismo bastante evidente. Se preparó un pequeño escenario en el jardín de la casa de campo de mis padres, en las afueras de Saleux. Pedimos que nada de corazoncitos decorando los postes, que nos parece una estética muy cursi.

Eran las once y media de la mañana y nos metimos los seis en una sala. Parecíamos actores en una obra de teatro, que esperaban el momento para salir a escena. Ségolène y yo, dos vestidos blancos de novia que parecían los de las chicas del manga yuri *Citrus.* Angélique y Agatha, otros vestidos con un toque más moderno, más bien como las chicas de la película *Buscando a Susan desesperadamente,* ya saben, Madonna y Rosanna Arquette. Julien y Mahmoud, con sus elegantes chaqueta, pantalones y corbata, todos negros, con camisa blanca y zapatos negros. Parecía que primero se casarían e inmediatamente se irían al Consejo de Administración de la Peugeot.

Nos avisan para salir a Ségolène y a mí. Ella llevaba el ramo de novia, elegimos sólo uno. En las bodas tradicionales, la chica va cogida del brazo de su padre, pero decidimos que nosotras dos iríamos como quisiéramos. Las bodas lésbicas o gays tienen unas normas muy diferentes. Desde ir nosotras dos cogidas de la mano y con nuestra música.

Es tradicional en las bodas tradicionales lo de las figuras del padrino y la madrina. Decidimos que serían mi amiga Agnès y Mireille, ex novia de Ségolène. Serán madrinas de las tres parejas. Nos esperan al lado del escenario que hará de altar.

Con nervios en el cuerpo, las dos nos miramos a los ojos con una inmensa sonrisa. Ségolène lleva el ramo de novia con la mano izquierda. Con la mano derecha se cogerá de mi mano izquierda. Así iremos hacia el lugar en donde nos casaremos.

¡Vamos allá, pues! Se abre la puerta y salimos las dos. Se oye la música del tema principal de Ennio Morricone para la película *Por un puñado de dólares* de Sergio Leone. Una música que nos da poder como mujeres y lesbianas decididas a unir nuestros destinos.

Todos los invitados nos miraban y admiraban, mientras saludábamos con nuestras mejores sonrisas, y con el ritmo de la música de western, casi íbamos cabalgando más que andando. Pero así íbamos orgullosas y felices para llegar al escenario. Como el tema musical tenía campanas casi acabando, esto era la única relación con la boda, digamos con la boda hetero.

El funcionario, bien vestido y con una banda que lleva los colores de la bandera francesa, nos hizo las preguntas reglamentarias y contestamos con nervios y felicidad a la vez. Cuando tocó nuestro beso, fue con naturalidad y pasión, con el aplauso general. Volvió a sonar brevemente el tema de Ennio Morricone para darle a todo un aire épico.

Nos sentamos en nuestras sillas, situadas en la primera fila, y ahora llaman a Julien y a Mahmoud, que entran con la música de *J'ai le droit aussi* de Calogero. Ambos cogidos de la mano, guapísimos y elegantes, coreando la letra de la canción y la mayoría de invitados también la corearon, además de aplaudir mientras iban hasta el escenario. Nosotras dos también les aplaudimos a rabiar, además de cantar la canción.

Nuevamente el funcionario les hizo las mismas preguntas que a nosotras. Por cierto, ellos no llevaban ningún ramo de flores, no hacía falta. Llegó el momento del beso y se lo dieron con mucha ternura al principio y luego más apasionado. Otra vez aplausos, y antes de sentarse en sus sillas, nosotras dos les abrazamos con ternura, deseándonos todo lo que se le desea a la gente recién casada.

La tercera pareja es llamada a entrar, y salen Angélique y Agatha, con su ropa homenaje a Madonna y a Rosanna Arquette de *Buscando a Susan desesperadamente,* pero con la emotiva canción de Angèle *Ta Reine.* Los cuatro nos levantamos para aplaudir a las dos chicas cuando llegaran, también cogidas de la mano y sin ramo de flores. Me imagino que decidieron dejarnos a Ségolène y a mí el protagonismo de lanzar el ramo.

Como antes, las preguntas reglamentarias, y el beso entre las dos, esta vez algo más brusco, como si cualquiera de ellas tuviera en su interior el espíritu gamberro de Madonna en la película.

Los seis nos abrazamos después de ver que ya estábamos casados o casadas, según el género. Los invitados ya se acercan para darnos a cada uno o a cada una la felicitación. Mis padres fueron los primeros, por supuesto, al ver a una hija o a un hijo casades.

Lanzamos el ramo y le cayó a una prima mía, Yolande, una rubia guapísima que venía con su novio. Él no supo qué decir, pero aceptó. Se dieron un emotivo beso.

CAPÍTULO XIX

Entramos en la casa para tener el banquete. Ya se había fijado desde antes el menú para cada persona, así que los cocineros y cocineras de Saleux que nos ayudaron así prepararon lo que hacía falta. No queríamos que se tirara nada de la comida.

Cuando llegó el momento de los discursos, al haber tres matrimonios, nos pidieron que fueran breves. Estoy de acuerdo, odio los discursos demasiado largos. Cuando en la película *C'est la vie* satirizaron el inaguantable y larguísimo discurso del novio, yo lo tenía claro. Discursos breves y emotivos.

Todo lo que pasó posteriormente en el banquete de boda, aquí fue lo más típico. No influenciaron absolutamente nada nuestras orientaciones sexuales. Al fin y al cabo, es una boda, aunque los carcas que tienen en un altar a los Gobiernos ultras de Hungría y Polonia digan que esto no es una boda. Los mismos que decían que los Teletubbies fomentaban la homosexualidad. O también los otros que decían que Norman Bates era homosexual por que se disfrazaba con la ropa de su madre... y me acuerdo del beso ruso, del cual ya hablé en otro capítulo. Para fiarse de ellos, vaya.

Nuestra noche de bodas fue espectacular, ya que Ségolène y yo queríamos una noche con una pasión más alta que las otras. Esto no hace falta, ya que nuestra pasión en la cama siempre es alta.

Repetimos lo de las dos en la bañera, cuando hicimos un entrañable homenaje a Emily Dickinson y su cuñada con su baño juntas en la serie de televisión. Pero esta vez, el agua no tenía pétalos de rosas, sino espuma, un tópico de las películas eróticas, pero que nosotras supimos cambiar de arriba abajo.

Me senté al costado de la bañera y apoyé la espalda contra la pared, y me limpié de espuma el clítoris, por que quería que Ségolène con su lengua me lo comiera. Separé las piernas y ella acercó la lengua, además de repartirme caricias por ellas, el vientre y los pechos. Me provocó un orgasmo de los de número uno.

Como siempre que tenemos sexo, cambiamos de rol activo o pasivo continuamente. Ahora me toca a mí, a hacerla disfrutar a lo grande. Le pedí que se pusiera de espaldas a mí para hacerle con mi lengua un beso negro. Ataqué su agujero posterior, bien limpio gracias a la espuma y el agua, y mi mujer gimió fuertemente. Con su mano izquierda me acarició la cabeza, pidiéndome más y más. Para tener más rápido el orgasmo, se acercó a su clítoris la otra mano y así veía yo sus dedos entre las piernas, frotándose frenéticamente contra su piel. Su orgasmo llegó con un ruido entre agudo y bonito.

Después de todo esto, nos metimos otra vez en el agua y la espuma, para abrazarnos y besarnos con lengua. Continuó con que nos abrazamos y nos decimos dulcemente:

—¡Te quiero, mucho!

—¡Yo también, mucho!

No sé cómo habrán sido las noches de bodas de las otras dos parejas, pero me imagino que serán también maravillosas.

Ahora nos concentramos en nosotras mismas, recién casadas. Todavía se nos hace raro, lo de estar casadas. Por un momento pensé en cuando tres años antes todavía yo estaba con Jean-Philippe, sin saber nada del cambio radical y positivo que tuve cuando conocí a mi mujer.

Me contaron que Jean-Philippe conoció a otra mujer, después de la novia que tuvo cuando el baile de disfraces y que decía que quería tener un trío con nosotras dos en vez de seguir su relación con él. Funcionó esta vez de verdad la nueva relación y se casaron. Él rompió con su madre, que era una especie de madre castradora, y así pudo consumar su nuevo amor. Me alegro por él, era un buen tío, pero me perdió por su torpeza.

Salimos de la bañera y nos secamos nuestros cuerpos con las toallas, cada una secando a la otra, con parsimonia, lentamente, sin prisa. Con los cuerpos secos, aunque todavía nuestros cabellos estaban mojados, nos fuimos a la cama.

Allí seguimos con nuestra noche de pasión sin freno. Esta vez, Ségolène volvió a coger la batuta de la directora de la orquesta sexua. Y yo también supe decirle metafóricamente que también sé dirigir esta orquesta.

CAPÍTULO XX

Pasaron dos meses, y Ségolène ya tenía impresa su novela, con el título *El amor sin etiquetas,* y el subtítulo *Dos chicas enamoradas.* Con dos mujeres en la portada, pegado uno a otro el rostro de cada una y dos manos entrelazadas mirando hacía el horizonte.

La editorial, modesta y con un público fiel, había presentado una rueda de Prensa y algunas emisiones en Internet, sobre todo en YouTube, Twitch e Instagram. Mi mujer actuaba con naturalidad. En la rueda de Prensa la acompañé, cogiéndonos de la mano sobre la mesa.

—Buenas tardes a todos ustedes —dijo la encargada de la presentación, una locutora muy conocida de la radio pública francesa France Culture—. Para mí es un placer inmenso presentar a una nueva escritora que tiene un mundo muy personal, y además nos muestra en su libro de ficción un mensaje de tolerancia, muy importante en estos tiempos difíciles de homofobia y vuelta atrás.

Se alargó un poco, pero ella habló muy bien, y para nosotras era muy importante, saber convencer a los periodistas de que mi mujer era una escritora humilde, nada prepotente, nada polemista. Con personajes que encima nos odian a las lesbianas y al resto de la comunidad LGTBI, que haya gente de prestigio dándonos apoyo nos da nuevas fuerzas.

Una joven periodista hizo la primera pregunta. Era de pelo castaño y con varios tatuajes en sus brazos.

—Buenos días, señora Aurillac —ella habló a mi mujer con su apellido de soltera, con él firmó la novela—. He hojeado con atención su novela, y me encanta cómo describe el mundo lésbico, con sinceridad y rompiendo con los tópicos.

—Muchas gracias —agradeció Ségolène.

—A mí me ha ayudado mucho por que soy lesbiana como usted, y no sabía cómo dar el primer paso —se sinceró la periodista. Yo y Ségolène sonreímos ampliamente.

—Me gusta mucho su coraje, señorita —dijo Ségolène—. Yo, cuando todavía iba al instituto, me di cuenta de que no me atraían absolutamente nada los chicos, las chicas sí, y en la Universidad me enamoré de una compañera de clase. Aunque no fue nada fácil: yo era muy tímida, y mi primera novia también lo era. Pero tuvimos al final el coraje de enamorarnos y empezar a salir.

—Pues mi pregunta sería: ¿Usted piensa que la Literatura lésbica todavía es invisible para el gran público?

—Creo que sí, por lo menos en los medios de comunicación tradicionales. Internet es una gran herramienta para ayudarnos a las escritoras, y también escritores que saben conectar con el mundo lésbico, a que se conozca cómo nos amamos, igual que cualquier pareja. Si el director de cine Spike Lee trata de reivindicar con sus películas cómo son de verdad los afroamericanos, y lo consigue, nosotras las lesbianas tratamos de mostrar nuestros amores sin nada de complejos. Yo no tengo ningún complejo. He amado, he tenido desengaños, he conocido a mujeres maravillosas como mi mujer… —me miró y me cogió otra vez de la mano— ¿Sabe? Cuando mi mujer y yo nos conocimos, las dos acabábamos de salir de crueles desengaños amorosos. Nuestras parejas nos engañaban con otras personas.

—Sí, sí, esto lo explica usted en el libro. Me conmovió cómo finalmente sale de esto. Yo pasé por lo mismo.

Me cayó muy bien aquella periodista, sincera. Pasamos a más periodistas, que hicieron varias preguntas de toda clase. Tuvimos la suerte de que no había ningún periodista grosero, ni homófobo, ni nada de eso. Es decir, no vino ningún imitador de Éric Zemmour.

Un mes más tarde, recibimos un e-mail de una productora cinematográfica francesa. Decía que estaban interesados en la adaptación de la novela de Ségolène. Vimos que era la misma que produjo *Retrato de una mujer en llamas,* con una directora y una protagonista femenina lesbianas, Céline Sciamma y Adèle Haenel. Nos hizo tener un buen montón de ilusiones.

También recibimos una oferta similar desde el Japón. Como dije antes, en el Japón hay dos géneros del manga muy conocidos entre la comunidad LGTBI: el yuri y el yaoi. Y la novela de Ségolène entraría en el yuri. Es decir, tendría una adaptación en manga yuri e incluso se podría llevar al *anime.* Ya dije que nos gustó mucho *Citrus,* y que de ahí sacamos la idea de nuestros vestidos de novia cuando nuestra boda.

Veremos si esto acaba bien, ya que muchos proyectos de cine no prosperan mucho por su temática y si es comercial o no para el gran público. Cuando se proyectó *La vida de Adèle* en Cannes y maravilló al mismísimo Steven Spielberg, se vio que las historias lésbicas pueden interesar a todo el mundo. La prueba es cómo se aceptó que la serie sobre Emily Dickinson tuviera una historia lésbica en la trama, que hace que la imagen que teníamos de la Dickinson cambiase radicalmente.

Sé que nuestra vida de casadas será dura, como en cualquier matrimonio, y todavía más si nos acordamos de que sólo tiene validez en los países occidentales. En muchos países africanos nos verían como a delincuentes, o algo peor. Recordemos que Agatha, la mujer de Angélique, tuvo que huir de Kenia por que era lesbiana y perseguida por su orientación. Y todavía me dan mucho miedo aquellas imágenes de chicos homosexuales condenados a muerte en países como Irán y la horrorosa aparición de sus cadáveres colgados en grúas. Por esto no fui muy creyente en Dios, por que como diría Woody Allen, si existe Dios, entonces no me explico cómo pudieron existir los nazis y Hitler.

Pero mientras tanto, nosotras nos amaremos con la misma ternura que hemos tenido en tres felices años en pareja y ahora en varios meses de casadas. Como Jodie Foster y su mujer.

Cojo el álbum de fotos que tenemos desde que nos conocimos. Miramos las fotos y nos sorprenden algunas. Como la foto que nos hizo mi amiga Sylvie en la quedada lésbica de Saleux, en la que salimos por casualidad detrás de ella y su novia. Me gustaba nuestro beso de entonces: sincero, apasionado, dulce. Con esto, oficialmente salimos del armario.

Mientras tanto, Ségolène enciende el ordenador para ver una entrevista que le hicieron online, esta vez en solitario. Una entrevistadora que también es escritora contactó con ella. Salían en dos recuadros, parecían los títulos de crédito de aquella serie americana, *La tribu de los Brady.*

—¿Qué te gustaría conseguir con tu novela? —le preguntó.

—Reivindicar que nosotras las lesbianas nos amamos y respetamos a todo el mundo. No somos antipáticas como la señorita Rottenmeier ni nada de eso. Y que nosotras salimos con quien queramos. Los machistas, esto no lo aceptan.

—¿Tus autoras de novela lésbica favoritas?

—Muchas las encontré en Internet, por que todavía hace falta ir a librerías especializadas en el tema LGTBI. Entre las clásicas escritoras bisexuales que han sabido mostrarnos y respetarnos, como Colette, y leí *Orlando* de Virginia Woolf, o los poemas de Emily Dickinson. También Violette Leduc fue de las pioneras con alguna novela suya, como *Thérèse e Isabelle.* Actualmente hay miles de escritoras de temática lésbica muy buenas. Sarah Walters es una de mis preferidas. He encontrado más autoras, que son miles. No quiero elegir a una por encima de las otras, por que sería totalmente injusto. Me he enamorado de novelas que me han parecido únicas.

—¿La gente heterosexual tiene que aprender a respetaros a las lesbianas?

—Hay una parte que nos respeta, y mucho. Otra nos odia y todavía nos trata de asesinas, cuando la maldad o el instinto asesino no entiende nada de orientaciones sexuales. Tengo amigas lesbianas con hermanas que tienen novios muy guapos y que a nosotras nos respetan.

—¿Crees en el tópico de la estética lesbiana del pelo corto y los *looks* masculinos?

—Para nada. Hay de todo. En Internet cada vez hay más parejas lésbicas con aspecto muy femenino, parecen amigas que tienen marido o novio, y en realidad se aman entre ellas.

—¿Las autoras lesbianas tratáis de mostrar un mundo en donde la orientación sexual no sea determinante para nada?

—Sí, por que deseamos esto, vivir en un mundo más tolerante. Una autora lesbiana española, creo que firmaba como L. Green, dijo que en sus libros no existe la homofobia, por que deseaba que fuera así. Estoy de acuerdo.

—¿Tu mujer te ha ayudado mucho a escribir?

—Sí, Valentina es mi lectora beta o lectora cero. Me ayudó a corregir textos, es muy inteligente, es la mujer de mi vida.

Sonreí al escuchar esto. Su voz sonó sincera y con un amor inmenso hacía mí. Yo también la amo con locura.

Siguieron un rato y acabó la entrevista. Le di un abrazo a ella como agradecimiento. La mujer de su vida, pues, también ella es la mujer de mi vida. Y que sea por muchos años más.